惡魔高校D×D

19 總選舉的杜蘭朵

Kadokawa Fantastic Novel

「那麼，就來提振一下
士氣吧。」
「──唔！
妳、妳、妳妳妳妳妳妳妳妳妳妳
妳這個傢伙！」

潔諾薇亞伸出手指順著自己的嘴唇滑過去，
然後開心地笑了出來。
「呵呵，你到處
都是破綻喔，一誠。
這個吻就當作是
為了祈求讓我
當選會長吧。」

Rias Gremory
Rias Gremory

惡魔高校D×D

總選舉的杜蘭朵

19

石踏一榮
ICHIEI ISHIBUMI

Kadokawa Fantastic Novels

彩頁、內文插圖／みやま零

目錄

罪的工價乃是死。

——聖經「羅馬書　第六章二十三節」

Rudra.

我——阿撒塞勒，人在某國的邊陲之地。

在這個年關將近的時節，我卻在這個地方的某條河邊握著釣竿……釣魚原本就是我的興趣沒錯……但在這種非常時期居然跑來釣魚，就算是我也不會這麼做。

其中——自然有其原由。

我身旁一個同樣拿著釣竿的少年輕輕笑了一下。他有著一頭閃著藍色光澤的黑髮，年紀看起來約莫十四、十五歲，是個相貌堂堂的美少年——

「……你討厭釣魚嗎？」

少年這麼問我。

「……不，曾經有一陣子，我花了好幾年專注在釣魚上呢。」

這是真的。墮天使的生涯這麼長，我曾經有段時期想知道自己能鑽研釣技到什麼程度，而以此作為打發時間的消遣。

聽我這麼回答，少年苦笑道：

「這樣啊，也就是說，你的釣魚熱潮已經過了啊。不過，我自己也是隔了好久才重拾對釣魚的熱情就是了……」

就這樣聊了幾句之後，我們之間再次陷入一片寂靜。

……我已經在這個狀態下度過好幾個小時了。花了這麼多時間，照理來說應該可以有些收獲才對……但很不湊巧，這條河裡面——沒有任何一條魚。儘管如此，少年依然只顧著開心地將釣線放進河裡。

少年打破了沉默說：

「墮天使可說是壞蛋的代名詞，然而其頭目竟然在談論著和平，還到處宣揚。聽起來簡直像在開玩笑一樣。如果是因陀羅，一定會笑出來吧……還是你已經被他笑過了呢？」

我直接切入了正題：

「我要拜託你的只有一件事情。要是出了什麼差錯，希望你可以阻止那隻野獸。」

對於我的發言，少年歪著頭說：

「——666（trihexa）啊……這樣好嗎？那不是你們的神話裡的魔物嗎？」

「目前能夠阻止牠的也只有你了吧。」

聽我這麼說，少年揚起嘴角，如此回應：

「奧菲斯無法依靠。當然，偉大之紅更是無法溝通……套用刪去法之後，就剩下我了，是吧。」

少年諷刺地笑了笑。然後，他反過來對我這麼說：

「我聽說你們那隻年輕的龍能夠和牠心靈相通不是嗎？」

「……我希望盡可能別那麼做。畢竟，那樣一來不知道會發生什麼事情。」

「強人所難的請求，加上不合理的條件。連談判都稱不上。」

……這我也很清楚啊。照理來說，以我的立場根本無法向這位少年——這位神祉做出請求。明知如此，我還是繼續說了下去。

「你想要什麼我都可以給你，只要是在我能力可及的範圍以內都行。如果你有那個意思，要我去求奧丁或宙斯也可以。你想要我拿命來換的話，我也願意。就只有世界的崩壞，是唯一必須阻止的事情。就是這樣。」

聽我這麼說，少年放聲大笑。

「啊哈哈！對我做出這種要求也太矛盾了吧，真是太棒了！」

——但是，少年隨即又斬釘截鐵地說：

「——不需要。無論是奧丁、宙斯，還是你的性命，我對這些全都沒興趣。硬要說的話——我想要的是奧菲斯。不然人稱超凡惡魔的瑟傑克斯．路西法或是阿傑卡．別西卜也行。我想要的是有機會取我性命的知名高手啊，墮天使小弟。」

「…………」

聽這位神祉對我這麼說，我……也不知道該做何回應。看見我的反應，少年露出戲謔的笑容。

「我開玩笑的。不完整的奧菲斯跟沒什麼戰鬥意願的惡魔，我根本不放在眼裡。」

少年站了起來，對我這麼說：

「——我就答應你吧。要是那隻野獸打算打倒偉大之紅，並前往異世界的話，我會阻止牠——但是，除此之外我一概不插手。無論是目前正要發生的事件，還是未來即將發生的事件，我……我們都完全不會干預。即使李澤維姆．李華恩．路西法和邪龍們再怎麼作亂也是一樣。我只會在你所預見的最壞的劇本上演時提供協助……這樣你滿意嗎？」

……這樣就夠了。這樣就非常足夠了。要是有什麼萬一時的保險手段——是這位神祉的話，就無話可說了。無論是透過何種形式，能夠借助他的力量都讓人非常感激。

「……滿意，這已經是最棒的回答了。我由衷感謝——」

「不用道謝。那也是我本來的使命——破壞一切。」

少年打斷了我的發言，如此斷定之後——他從本應沒有任何一條魚的河裡，釣上了一條鱗片散發出神聖光輝的巨大的魚。

……這位神祉能夠看見連我也看不見的東西嗎？

這也難怪。這位神祉所散發出來的氣焰——讓我強烈感覺到其中隱藏著連我也無法推估的性質。

「我知道。事到如今，我怎麼可能懷疑你呢——破壞神濕婆。」

那名少年——破壞神只是露出高深莫測的微笑。

設想了最糟的狀況，身為各勢力代表的我、歇穆赫撒、瑟傑克斯以及米迦勒等人，為了「保險」起見，發起了一個大型談判計畫。

『……我們也需要相對的「後盾」。有奧丁和宙斯在，或許已經足夠，但思及最糟的劇本——６６６(trihexa)復活，並且打倒了偉大之紅的話，這樣的手牌還是不夠。』

『那麼，阿撒塞勒……你還是打算那麼做？』

『……沒錯，米迦勒。要是所有事情都走上最壞的那條路，就必須要有人來阻止一切。唯一能夠擔此重責的——瑟傑克斯，是你的話，應該知道吧？』

『你是指破壞之神——濕婆，對吧？』

世上任何人都無法掌控且自由奔放的偉大之紅，如果不把牠算在戰力之內，再加上奧菲斯的力量又大幅減弱，現在等於沒有人能夠克制企圖讓６６６(trihexa)復活的李澤維姆，並對抗邪龍軍團。當然，所有勢力攜手合作、奮起對抗的話，情況或許會有所不同……但勢必會變成一場在各神話的神祉層級造成傷亡的戰鬥。神祉掌管著人類世界的所有現象，要是缺少任何一位，到底會對這個世界造成怎樣的影響，根本難以想像。

然而，我們需要一個極為強大的存在，能夠在緊要關頭成為對付邪惡之樹的抑制力。能遠離滅亡的命運，強大的絕對存在——我們能夠舉出最接近這個描述的——就是濕婆。

我原本還相當不安，不過在將我們這邊所擁有的資訊和條件提交給濕婆之後，他也終於接受了我們的提議。這是一大成果。這起事件可以有濕婆在最後把關。光是這樣，或許就能夠避免最壞的劇本上演了——

濕婆以一根手指觸碰他釣起來的巨大魚。於是，巨大魚剛才的掙扎像是沒發生過似的，安靜了下來。

濕婆對我說：

「——阿撒塞勒，你的臉上浮現死相喔。還是小心為上。在任何時候，提倡和平的人都會成為眼中釘。而且你能夠和我對話，更可能讓凶兆提早發生。你實在太有才幹了。」

……我早就知道有此風險了。儘管如此，我還是想盡己所能……哼，如果是不久之前的我，肯定會避免這種可能導致危險上身的事情才對……

「如果改信你們的神話，即使是墮天使也能夠轉生嗎？」

我諷刺地這麼問，但濕婆只是聳了聳肩而已。

Life.0

——元旦。

平安迎接了新的一年，包括我——兵藤一誠在內的神祕學研究社成員們，決定找個地方去新年參拜一下，所以當新的一年才剛開始，我們就出了趟遠門。

於是，我們來到的地方是——

「一誠！久違了！」

出現在鳥居前面的是頭髮和尾巴都呈現金色的少女——九重。沒錯，我們來到的地方是正月的京都——伏見稻荷大社。我們心想新年應該很多人，所以就用轉移型魔法陣直接跳躍到這裡來了。哇——這裡鳥居的數量依然這麼可觀呢。為了避免被人看見，我們和九重在隔離開人的結界當中重逢。

「嗨——九重，我們來參拜了。」

「很好！這裡的主祭神，宇迦之御魂大神大人想必也相當開心吧。」

簡單打過招呼之後，一位帶著好幾隻妖狐隨從的性感大姊姊從鳥居後方現身！這位長了九條尾巴的美女是京都妖怪的領袖——

「遠道而來，辛苦諸位了。」

也就是九重的媽媽，八坂！嗯——她還是如此艷麗！胸部也是大到令我目不轉睛！今年從元旦就大飽眼福呢。讓我有種想膜拜那對胸部的衝動。

八坂登場之後，莉雅絲正式打了招呼。

「快別這麼說，我原本就想找時間正式拜訪您，只是一直挪不出時間，所以趁這次新年參拜就過來打聲招呼。」

這麼說的莉雅絲身上穿的是振袖和服！一頭長紅髮也挽了起來，醞釀出雅致的風味。不只莉雅絲，就連朱乃學姊、小貓、伊莉娜、羅絲薇瑟、蕾維兒穿的也都是振袖。順道一提，阿加也是穿振袖就是……

我、木場以及潔諾薇亞則是穿得和平常一樣。我們三個人都一致認為——

「「「要去伏見稻荷？那我想穿比較方便行走的衣服。」」」

就是個在前線戰鬥的人會做出的回答。不過，到伏見稻荷大社來，也和爬山沒兩樣。

我們也有邀請阿撒塞勒老師和黑歌、勒菲他們，但老師說他們有個高層會議，所以沒辦法過來。黑歌則是新年剛開始就窩在兵藤家的暖桌裡吃著年糕和橘子，非常悠然自得。勒菲也（可以說是被迫）留在家裡陪她。

後來老師傳了好幾張照片過來，上面有喝醉的阿撒塞勒老師和奧林帕斯的主神宙斯打赤膊跳著舞，以及看著他們大笑的米迦勒先生，還有摸了賽拉芙露．利維坦陛下的屁股結果挨了一拳的北歐主神奧丁老爺爺，甚至是（喝醉的）葛瑞菲雅對著打扮成撒旦紅的瑟傑克斯陛下訓話之類，其他地方絕對看不見如此豪華的陣容。這真是太誇張了。這種照片可不能讓信奉各神話的人們看見……莉雅絲也以手扶額，新年才剛開始就一臉心情很複雜的樣子……

不過，看見葛瑞菲雅出現在這個陣容當中，讓我鬆了一口氣。看她一副喝醉的模樣，我想這也就表示她的心情總算放鬆到某種程度了吧。

「……似乎是阿撒塞勒和其他主神大人們邀請了兄嫂大人。說是正因為在這種時候，才更應該露個臉慶祝新年。這對兄嫂大人而言也是一種救贖吧。」

莉雅絲這麼說的時候，臉上寫滿了安心。我想，她也是打從心底擔心葛瑞菲雅吧。畢竟葛瑞菲雅的親弟弟不僅還活著，還跟當今的冥界政府作對，大鬧了一場。

「嗯，諸位來得好！」

九重看起來相當開心。這樣的她也來過兵藤家一次……那個時候是因為我們想在兵藤家蓋個祭拜奧菲斯的神社才把她叫過來的呢。

「菲斯大人沒來嗎？」

九重左右張望，看著我們所有人。菲斯——指的是奧菲斯。因為那次機緣，九重和奧菲斯成了好朋友。由於不方便公開奧菲斯的真實身分，我們宣稱她是龍族女孩「菲斯」。

我抓了抓臉頰，臨時想了一個藉口。

「啊……對啊，菲斯在家裡看家……應該說，她感冒了，所以在家裡休息。她也很想見九重呢。」

因為總不能把奧菲斯帶到外面來嘛。我想，現在她大概和黑歌、勒菲她們一起窩在暖桌裡打電動吧。

九重聽了先是一臉遺憾，但又立刻打起精神來。

「聽說龍的感冒很難治。我去準備京都的特製妙藥，等我一下！」

說著，她便乒乒乓乓地往鳥居裡面跑了回去……她是要回家去拿藥嗎？看來她真的把奧菲斯當成朋友看待呢。真是太感恩了。

看著這幅光景，八坂帶著爽朗的微笑說：

「呵呵呵，赤龍帝大人，看來您和我們家九重處得很好呢。」

「請、請別客氣。之前她很照顧我們家那個小女孩，我也要謝謝您在冥界陷入危機的時候前來協助我們。」

八坂在魔獸騷動的時候好像有前來助陣過。在露出性感的微笑之後——八坂就把臉湊到我的耳邊！……一股撲鼻的香氣竄進我的鼻腔，那簡直不像是俗世所有……！這、這種香味是怎麼回事，瞬間就讓我的腦袋融化，亢奮到幾乎要麻痺了……！這、這就是成熟女性的誘人香味嗎……！

「赤龍帝大人，能不能請您再等一陣子，等到九重長大呢？如果您等不及的話，由我來服侍您也可以……呵呵。是這樣的，九重也吵著想要兄弟呢。而且，我也好久沒有接觸年輕男人的肌膚了呀……」

八坂用她白皙纖細又柔嫩的手指滑過我的下巴……！朦朧的視線、刺激男性本能的豔麗嗓音——害我新年才剛開始就快被大姊姊征服了！

不過，這時有人介入了我們之間。是立刻跑回來的九重。

「母親大人！您這個玩笑開過頭了！這個是我先預約的！」

九重抱住我的腿這麼說，對八坂做出可愛的牽制。

「呵呵呵，妳這個孩子的獨占慾真強，才這點歲數就展現出『女人』的一面了。或許是遺傳到我了吧。」

對於女兒的行動，八坂顯得游刃有餘，又忍不住覺得有趣，臉上滿是笑意。

莉雅絲在我身邊說了「來到京都也無法放心呢……」，並嘆了口氣。

——這時，八坂拍了一下手，向莉雅絲問道：

「對了，赤龍帝的正室大人，那件事沒問題嗎？」

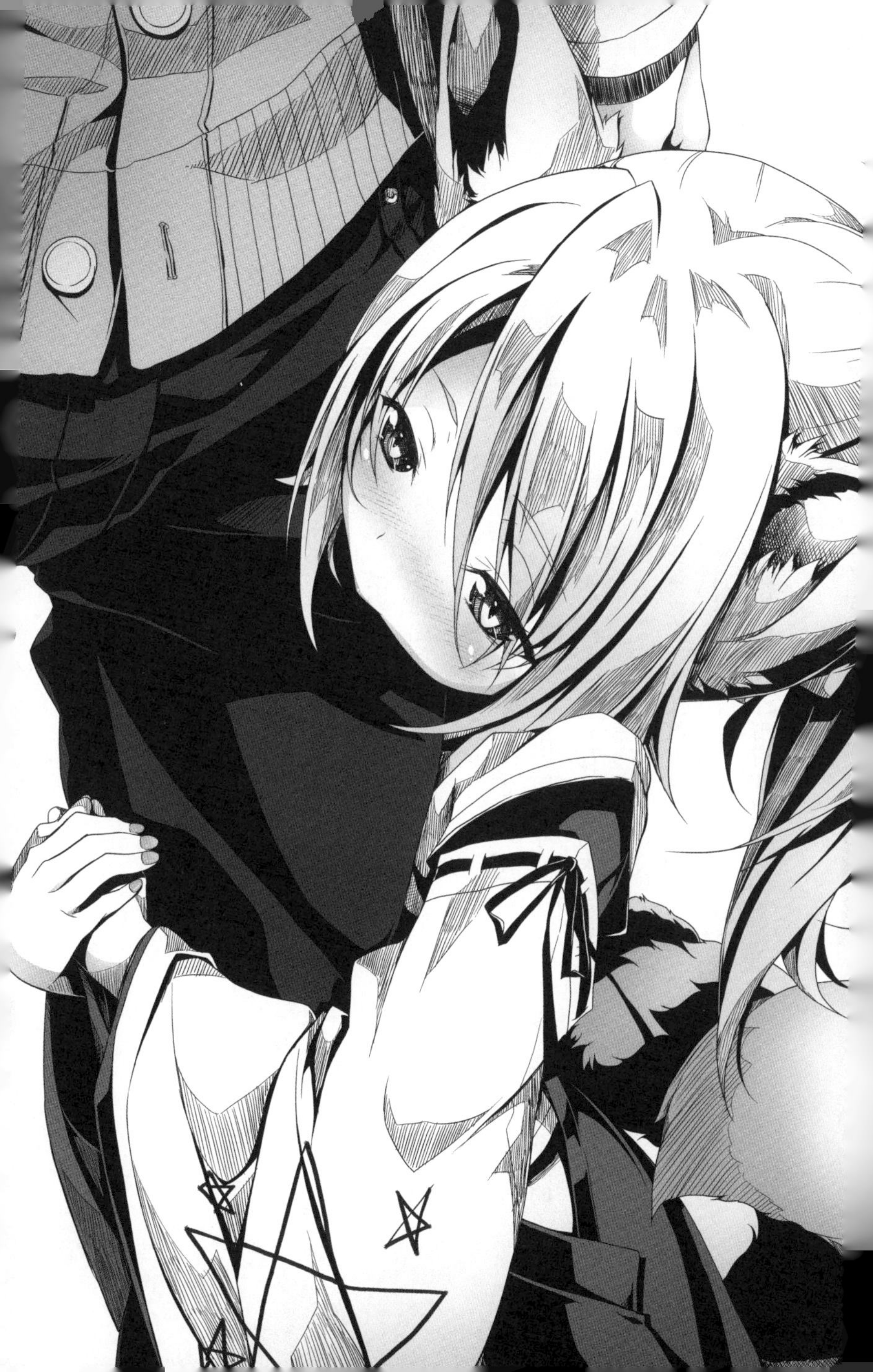

「是的，我們這邊也沒有理由拒絕。」

莉雅絲笑著這麼回答，讓我忍不住問她：

「……什麼什麼？有什麼事情嗎？」

「嗯，九重從下個學年開始就要轉進駒王學園的國小部。已經準備到一個程度了。」

——！突然聽她這麼報告，我驚訝得說不出話來！沒想到居然有這種事情！

見我如此訝異，九重雙手抱胸，一臉得意地說：

「呵呵呵！我也差不多該開始學習人類世界的生活了。可以的話，當然是進入一所學生當中有妖怪也不成問題的學校最好！我如此央求母親大人，於是便決定請正宮莉雅絲大人照顧我了！」

那麼，今年春天開始，九重也會到駒王町來囉。也對，出乎意料的，有很多異能力者暗中就讀那間學校呢。從陰陽師的子孫到魔物駕馭者都有，可以說是五花八門。不過最奇異的還是我們神祕學研究社社員和學生會成員就是了。有惡魔、天使、妖怪，還有前女武神、狼人跟死神少女呢……

……新的一年到來，意味著許多新的事情即將發生……同時也表示離別的時刻迫近。

莉雅絲和朱乃學姊再過兩個多月就要畢業了……有新人來到，也會有人離去。雖然是理所當然的事情，但沒想到新年才剛開始就對這件事有如此深切的實感了。

「這樣啊，這樣的話奧……菲斯也會很開心吧。」

回去之後告訴再奧菲斯這件事吧。即使面無表情，她心裡應該還是會很開心。

「嗯！我也很期待再次見到菲斯大人！」

聽九重充滿朝氣地如此回答之後，我們解除了結界，回到正常的空間，然後正式開始朝伏見稻荷的山頂往上爬。

來到半山腰的時候，我們在正月的京都遇見了熟悉的人們。

「哎呀，莉雅絲你們總算來了啊。」

是蒼那會長和西迪眷屬們！他們的女性成員也都穿著振袖和服……只有死神少女班妮雅穿著夾克。

「這不是蒼那嘛。我是聽說妳們會來京都，原來妳們也到這裡來啦。」

莉雅絲也因為新年一開始就遇見摯友而忍不住停下來聊天。

「他們是在吉蒙里家的各位抵達的十幾分鐘之前來到這裡的。」

九重也如此說明。原來如此，他們比我們早了一點抵達這裡啊。

「嗨，兵藤。」

如此對我打招呼的是匙。

「喔，匙。恭賀新喜。你們也是來新年參拜的嗎？」

「是啊，恭喜恭喜。伏見稻荷是我們參拜的第四個地方了。我們準備再繞去兩個地方就回去。同盟讓部分惡魔在元旦能夠進入神社，真是太棒了啊。」

正如匙所說，在元旦，京都的觀光勝地針對部分惡魔——主要是加入「D×D」的惡魔以及其協助人員實施限制開放。各神社所祭祀的神祉也都答應了。正因為如此，我們才能在非教學旅行期間踏進這裡。

話說回來，西迪小隊的新年是來京都觀光啊。真好。我們回去之後就只是乖乖待在兵藤家慶祝正月而已。

「怎麼，來求神拜佛讓你當選副會長嗎？」

我這麼挖苦匙，他也笑了出來。

無意間，我看見潔諾薇亞和西迪的「主教（bishop）」花戒桃看著彼此。雙方不發一語，這讓我感覺到莫名的壓力。這也難怪，她們要爭奪學生會長的寶座，換句話說就是競爭對手。

「我可沒打算輸給妳喔，潔諾薇亞同學。」

「我知道，桃。我也一樣，既然參加就絕對要贏。」

兩人握了握手。嗯，兩人之間的勁敵氣焰燒得相當不錯呢。有種打算光明正大地一決勝負的感覺。不過，潔諾薇亞是從什麼時候開始以名字稱呼花戒了啊……？吉蒙里和西迪的女生好像不時會互相交流，男生們也在不知不覺間打成一片了。

看著她們的互動，匙rut了聳肩：

「就像這樣，想來求當選的人可不只我一個。如果這裡的神願意保佑惡魔的話就好了。先走啦，我們要下山了。」

說完，西迪小隊便往山下走去。西迪眷屬當中，除了匙和花戒以外，也有其他人參選學生會幹部。不過他們幾乎等於是沒有競爭對手，聽說可以算是保證當選了……不如說，學生會總選舉最有看頭的一戰，就是潔諾薇亞對花戒的會長之爭了。

好了，我們也該朝著山頂的神社開始爬山了。

——走在登山步道上，這時突然有人跑過來挽住我的手。是伊莉娜。她好像非常開心的樣子，甚至還哼著歌呢。

「呵呵呵，正月的京都好有情調喔，達令♪」

…………達、達令。

……沒錯，寒假開始之後，伊莉娜對待我的態度有了重大的轉變，有事沒事就叫我「達令♪」，對我的親密接觸也變得比之前還要積極！一下突然開始學做菜、一下在我洗澡的時候想進來一起洗，甚至晚上只要稍有可乘之機就會溜到床上來！我、我是很開心啦，但困惑的感覺還比較強烈。而最讓我困惑的就是叫我「達令」了。老實說，我一聽就腿軟！

「我……我說，伊莉娜。」

「怎麼啦，達令？」

伊莉娜的聲音格外甜膩……這個嗓音也讓我不知該作何反應。

「就是……妳最近開始掛在嘴邊的『達令』是什麼意思？」

我刻意這麼問。總是得確認一下。

「真是的，當然是在叫一誠啊～呵呵呵♪」

呵呵呵♪——是怎樣！雖然明知道是這樣啦……她叫我「達令」啊。

「照常叫我一誠就好了啦。聽妳那樣叫，我總覺得不太對勁……」

我是真的覺得很不對勁才希望她可以別這麼叫。都什麼時代了，誰還在用「達令」這個稱呼啊。那已經是上一代——不，上上一代的用語了吧。

我的語氣低調而堅定。另一方面，伊莉娜則是——一臉大受打擊的樣子，彷彿可以看見一塊大石頭掉在她頭上。

「怎、怎麼這樣……沒想到一誠會這麼說……！原來你跟我接吻只是玩玩而已嗎！」

竟然來這招！那、那種事不用現在拿出來說吧？周圍全都是打算攻頂的一般參拜客耶！

「唔、喂，那種話別說得這麼大聲啦！」

我連忙試圖安撫伊莉娜，但走在我們身邊的潔諾薇亞嘆了口氣之後這麼說：

「伊莉娜，不過是接吻過一次就自以為是對方的情人也太過心急了吧。莉雅絲前社長和愛西亞在更早以前就和一誠接吻過了呢，而且次數肯定比伊莉娜多上許多。」

潔諾薇亞略嫌厭煩地如此批評自己的朋友。

是、是啊，我和伊莉娜在聖誕節的時候接吻了……的確，伊莉娜在那之後就變得怪怪的了。該怎麼說呢，她開始用一種傾慕的眼神看著我。

不過，伊莉娜毫不氣餒，對天擺出祈禱的姿勢：

「沒關係！我和一誠的禁忌之愛今後依然會持續下去！即使我們之間產生阻礙，只要有愛必定能夠克服！」

喔喔，她的眼睛都亮起來了……！大過年的就這麼帶勁啊……

「這麼說來，我也還沒對天祈禱呢。」

「啊，我也要！」

「「「喔，主啊！」」」

潔諾薇亞和伊莉娜，再加上愛西亞，三個人一起開始祈禱了起來！

「什麼，竟然是異國的祈禱！我也來試一下！」

「呵呵呵，諸位真是有趣呀。那麼，我也來……」

就連九重和八坂也模仿教會三人組，祈禱了起來！

……為什麼正月在伏見稻荷大社會發生這種事情呢……？我也只能歪頭表示不解了。

在諸如此類的小插曲之中，我們終於抵達了山頂的神社。大家紛紛雙手合十，各自在心中祈願。

我的願望是……希望大家都很健康！這是最重要的！接著是讓我可以和平地建立起後宮！這也是非常非常重要的事情！第三個是情色！希望我今年也可以欣賞到各種情色事件！除此之外我還許了很多瑣碎的願望！

這時，我聽見夥伴們在旁邊一邊參拜一邊說：

「……祈願的時候，要確實在心裡把自己的地址和名字告訴神明才行喔。你知道嗎，小加？」

「咦？我、我不知道耶，小貓！那、那我得重新祈願一次才行！」

被小貓這麼一問，阿加連忙開始第二次的祈願。

「還有喔，小加。神社也有很多派系，這裡是稻荷系的神社，所以應該祈求一些有關商業的事情。不過，我們今年秋天的教學旅行也會再來這裡一次，到時候再求也可以。」

「啊，我好期待教學旅行啊！冬天的京都也不錯，可是我更想參觀秋天的京都！」

口吐白煙的蕾維兒這麼說，兩眼發亮。

對喔。小貓、加斯帕、蕾維兒從今年的春天開始就是高二生了，秋天會有教學旅行。我想，他們應該和我還有莉雅絲她們一樣，是來京都旅行吧……只是再怎麼說應該也不至於像我們那個時候一樣遭到襲擊就是……

「我的心願是希望法夫納先生趕快好起來。」

這麼說的是愛西亞。法夫納為了保護愛西亞，抱著必死的決心挑戰李澤維姆。之後，耗盡力量的牠暫時陷入休眠狀態……那個傢伙所展現出來的龍之「逆鱗」——為了保護重視的人而使盡全力的那副模樣，深深烙印在我的眼中。快點回來吧，黃金龍王。你也是我們重要的夥伴。

無意間，我注意到潔諾薇亞在我身邊認真祈願著。

「妳在求什麼啊？」

我這麼問，她眼睛也沒睜開，就如此回答：

「……今年一定要生下一誠的小孩。」

「喂喂！我想這裡應該不管生子吧！而且那是哪門子願望啊……」

我顯得有點受不了，而潔諾薇亞倒是笑得很開心。

「呵呵呵，有一半是開玩笑的啦——真要說的話，是祈求勝選吧。不過，不知道這裡的神明願不願意幫惡魔實現願望就是了。」

也對，既然是這個時期，會求這種事情也很正常。

「反正，妳應該比較想靠實力勝選吧？」

聽我這麼說，潔諾薇亞便得意地笑了：

「那當然。親手摘下勝利的果實才有意義。」

潔諾薇亞的表情顯得幹勁十足。

真不錯！神情真是英氣逼人啊。看來她從新年開始就要為了學生會選舉全力衝刺了。眼前的潔諾薇亞還是像平常一樣豪邁不羈！

結束參拜之後，潔諾薇亞忽然轉身面對我──然後雙手用力捧住我的臉！

「那麼，就來提振一下士氣吧。」

說著，潔諾薇亞就把臉湊了過來，將嘴唇疊在我的嘴唇上──────！

由於事出突然，我嚇到忍不住往後退開！誰、誰、誰、誰、誰、誰、誰教她！她、她突然來這招！突然──吻了我！

除了我以外的成員們似乎也相當訝異，全都嚇到瞪大了眼睛！

「──唔！妳、妳、妳妳妳妳妳妳妳妳妳這個傢伙！」

我驚慌不已！現在的我感覺到血液一口氣往上衝，肯定是滿臉通紅了吧！

潔諾薇亞伸出手指順著自己的嘴唇滑過去，然後開心地笑了出來。

「呵呵，你到處都是破綻喔，一誠。這個吻就當作是為了祈求讓我當選會長吧。」

……什麼用接吻祈願！該怎麼說呢！這該怎麼說啊！沒想到新年一開始就碰上這種事情……！難道，剛才的參拜這麼快就靈驗了嗎！原則上我是不是應該向這裡的神明道聲謝呢？不，難道就不能給我一個更有氣氛、更有情調一點的吻嗎！不過，這種奇襲也很有潔諾薇亞的風格就是了！

「伊莉娜，妳也看到了吧？我也開始叫一誠『達令』好了。」

潔諾薇亞對伊莉娜比出勝利手勢。

「唔唔唔唔唔唔唔唔唔！」

伊莉娜本人則是眼泛淚光、鼓起臉頰！

後方還傳來莉雅絲的嘆息聲，和朱乃學姊開心的說話聲。

「……這邊則是比去年還要難搞呢。」

「呵呵呵，統整娘子軍的工作要由妳負責喔，我很期待呢。」

就像這樣，新的一年——第三學期開始了！

Life.1　第三學期開始！

寒假也已經告終，駒王學園進入了第三學期。

除了可以自由上學的高三生以外，高一、高二生都是正常上學。因為開學日只上半天，開學典禮以及班會結束之後，就是社團活動時間了。

這也是新體制的神祕學研究社開始活動的第一天！在這個重要的日子，高一組和高二組到社辦集合，在新社長的帶領之下，開始決定活動方針。

所有人都拿到蕾維兒準備的茶水（由朱乃學姊兼任的泡茶工作就交由蕾維兒接手）之後，我們就開始討論。

……但是，會議才剛開始，沉默便籠罩了我們。之所以會這樣，是因為我們的新社長一直沒有帶頭發言。

心頭覺得狐疑的我，開口向新社長愛西亞問道：

「社長，第三學期的活動該怎麼辦？」

「…………」

愛西亞本人——似乎不覺得我是在叫她，露出一臉傻愣的模樣。

「社長，愛西亞社長——」

我嘆了口氣，再次這樣呼喚她。於是，愛西亞總算想起了自己的立場，連忙站起身來。

「啊，是！不、不好意思！我沒有意識到『社長』是在叫我……」

……嗯，這該說很像愛西亞會有的反應吧，真是青澀啊。大家也都帶著微笑看著她。

「沒辦法，才剛開始嘛。」

我一邊抓臉頰一邊這麼說。才第一天嘛，再怎麼樣也沒辦法立刻就習慣。

新副社長木場也贊同我的說法。

「是啊，莉雅絲前社長才剛離開，確實還掌握不住這種感覺吧。大家一起慢慢習慣吧。首先，不如大家一起以書法寫下新的抱負之類，或許也不錯呢。」

寫書法啊。這有種新穎的感覺，好像不錯。以前的神祕學研究社應該也不會這麼做，這種時候是該嘗試一些新的東西。

「這麼說來，莉雅絲和朱乃學姊呢？」

我這麼問。儘管兩人都已經退出社團活動了，但身邊沒感覺到她們的氣息還是有點落寞，總覺得不太對勁。

「……她們兩位說想過來社辦的時候就會過來。好像說是要和蒼那前會長以及真羅學姊一起在高三的教室裡聊天。」

小貓這麼告訴我們。

四個高三生在教室裡聊天啊。大概是想暢談三年來的回憶吧。她們四個人在這三年當中應該各有各的難忘回憶……

木場說：

「莉雅絲前社長似乎是想把基本的事情都交給我們全權決定。她表示，要是過來露面的話可能會妨礙新體制的運作，所以要等到我們決定好基本方針之後才會過來。」

那麼，她大概是把第一個星期當成我們的觀察期吧。的確，要是莉雅絲出現在這裡的話，我們可能很多事情都會徵詢她的意見。這麼一來，新體制就沒有意義了。

但是，距離畢業還有兩個月左右，我也不禁希望她能在這段期間多來看看我們就是。

忽然，加斯帕落寞地說：

「……莉雅絲社長和朱乃學姊就會像這樣越來越不太常出現，最後就畢業了吧……」

說著，加斯帕的表情變得越來越黯然。而對於這樣的阿加，小貓以手刀輕輕劈了一下他的頭：

「……小加，太陰沉了。」

「可是，我捨不得嘛。之前莉雅絲社長和朱乃學姊總是無時無刻都在這裡……」

是啊，她們總是無時無刻都在這裡用笑臉迎接我們。

蕾維兒喝了一口紅茶之後說：

「不過，駒王學園的大學部和高中部這麼近，兩位也說畢業之後還是會偶爾回來看看我們呀。」

正如蕾維兒所說，駒王學園的大學部和高中部之間的距離非常近，用走的馬上就到了。想來的話，隨時都可以利用午休過來一下。

愛西亞看著一直都是莉雅絲在坐的社長專用座位，真切地說道：

「眼看著莉雅絲姊姊她們就要畢業了，而新進的高一生不久之後也要入社了呢……總覺得，這一年過得好快啊。我轉學進來，也只是去年春天的事情……」

沒錯，我們與愛西亞是在去年春天相遇的。那時是四月底。再過幾個月，那個季節也要到來了呢……感覺好像已經過了很久，又好像只是轉眼之間的事情。

愛西亞依然看著「社長」的座位……她大概是還沒做好心理準備，沒辦法坐上那個位子吧。我們也知道愛西亞的個性，所以並不打算硬逼她坐上去，決定靜靜守候，等待她自己產生身為社長的自覺，主動坐上去。

「再過幾個月，我也就升上三年級，新生也即將入學啊——我們是不是應該準備拉社員啊？」

我隨口這麼問，小貓便豎起兩根手指說：

「有兩名可能人選。」

「咦？誰啊？」

蕾維兒回答了我的問題：

「是勒菲小姐和班妮雅小姐。」

——！這樣啊。這麼說來，我確實是聽說過勒菲要轉過來。她以我的專屬魔法師的身分住進家裡來了，我也經常和莉雅絲以及阿撒塞勒老師討論，讓她這樣一個年輕女孩成天窩在家裡好像不太健全。聽說，她的哥哥亞瑟似乎也有意思讓她轉進駒王學園。

至於班妮雅我也略有耳聞。在和匙一起訓練時……

「我們家的新眷屬對駒王學園有點興趣啊，說不定會入學呢。」

那傢伙這麼對我說過。

木場順著這個話題說了下去：

「我今天早上才剛聽學生會的成員們說，勒菲小姐和班妮雅小姐都會報考今年的一般入學考。考試及格的話就可以正式成為這裡的學生了。」

啊——事情已經確實在進行了嘛。

勒菲穿上制服的模樣……感覺超適合啊！今年春天令人期待的事情又多了一件呢！班妮

雅穿制服……無法想像！不過，反正她那麼可愛，應該很適合啦！

「勒菲小姐是有說過想進這所學校呢。班妮雅小姐我就不清楚了，因為我沒什麼機會和她聊天……」

「……說不定還有其他沒見過的人會入社，這個社團以後會變成怎樣還不知道呢。」

蕾維兒和加斯帕這麼說。

畢竟，在春天來臨之前真的不知道會變怎樣，現在談論這些，未免是把如意算盤打得太早了一點。

大概是因為也這麼認為，木場站了起來，鄭重其事地開了口：

「總之，一開始先來決定方針吧。維持和去年相同的方針當然也是一個很好的方法，但這是結束三年任期的莉雅絲前社長離開後的第一個新體制，所以這種時候應該先——」

就這樣，我們開始了新體制的第一次討論會。

結束了歷經幾個小時的討論之後，我們新神祕學研究社成員稍事休息。

最後，大家得到的共識是「不要劈頭就進行改革，每次碰上什麼事情的時候再視情況隨機應變」。也就是說，目前還是暫時維持莉雅絲和朱乃學姊建立起來的體制，等到碰上問題的時候再依我們的想法處理。可以說是一個打安全牌的結論。

這也沒辦法。負責指揮大局的人才剛離開，新社長愛西亞又還沒什麼自信，對於我們的意見只會說「好、好啊」，或是「我、我知道了」，總之照單全收。所以，我們決定還是別太勉強她。第一天就要她拿出自信來，也太強人所難了。還是先由我們扶持愛西亞，讓她慢慢得到自信和自覺才行。

為了社長，我可會好好努力！

嗯！即使世代交替了，我對於這個社團的心情還是和去年一樣，毫無動搖。莉雅絲、朱乃學姊，妳們的安排真是太棒了！沒錯，我確實感覺到，只要是為了愛西亞社長，任何事情都難不倒我！

——好了，社團的事情就先到此告一段落，還有另外一件需要擔心的事情。

我看向平常潔諾薇亞和伊莉娜坐在一起的那張沙發。今天，她們兩個沒來參加社團活動。理由是選舉活動。

潔諾薇亞已經開始行動，在舊校舍的其他教室和伊莉娜商討有關選舉的事宜。這次伊莉娜將全力為潔諾薇亞輔選。愛西亞身為朋友似乎也很想參加，但是既然被提拔為新社長了，再怎麼說也不能缺席。所以，我們的同班同學桐生就代替她幫忙輔選。桐生應該也在舊校舍參與她們的選舉活動討論吧。

「嗯——潔諾薇亞和伊莉娜明天就要開始進行選舉活動了，不知道有沒有問題啊……」

就在我這麼說的時候——

有人猛然推開了社辦的門。

出現在門口的是潔諾薇亞、伊莉娜和桐生。一開門桐生就高聲宣言：

「我幫小潔諾薇亞選了一套戰袍！」

新神祕學研究社社員所有人的視線都集中到潔諾薇亞身上！

「呵！好看嗎？」

如此耍帥的潔諾薇亞，身上穿的是中世紀歐洲貴族穿的那種華麗服飾。而且還是男裝！也就是變成所謂的男裝麗人了！原本就很男孩子氣的潔諾薇亞做這種打扮是很有模有樣……不過，為什麼會穿著這種服裝呢？

或許是發現我感到狐疑的眼神，桐生推了推眼鏡說：

「呵！呵！呵！我總覺得小潔諾薇亞很適合這種服裝，而且不覺得這很有會長的感覺嗎？要是穿這樣站在校門前面演講，肯定可以得到很多女生的尖叫吧。」

……不，角色扮演這招真的適合嗎……不過潔諾薇亞本人則是一邊裝模作樣地說：

「呃——我是不是應該喊聲『安○烈！』然後抱住一誠啊？」

「對啊對啊，這種狀況就叫『沐猴而冠』對吧！」

「……伊莉娜同學，我覺得好像不太對耶……」

愛西亞（外國出生）隨口吐嘈了伊莉娜（日本出生）成語的誤用。

看著她們三人的互動，桐生不經意地對我說：

「說真的，小潔諾薇亞也會用魔力魅惑的話，應該就無敵了吧。」

「是啊，要是她學會魅惑的話——最好是啦，怎麼可以把魔力用在普通學生身上呢！」

我忍不住吐嘈。桐生也吐出舌頭，做作地露出頑童般的笑容說：

「說的也是。」

「「哈哈哈哈！」」

我和桐生兩個人一起笑了出來。

……

……嗯？嗯嗯嗯嗯？奇、奇怪……不對不對不對。我戰戰兢兢地瞄了桐生一眼，她則是露出頭上冒出一個大問號般的疑惑表情……

「……等、等一下。桐生，妳、妳剛才是不是提到魅惑還有魔力之類的？」

我姑且確認了一下。呃——桐生是普通學生沒錯吧……？該怎麼說呢，她應該不知道我們的真實身分才對吧……

「是啊，我確實提到了，怎麼了嗎？」

桐生不以為意地這麼回答……不知道該說什麼的我看向愛西亞。但愛西亞只是愣在那邊。然後，她看著我的反應才赫然驚覺，連忙對我說：

「不、不好意思，我還沒告訴一誠先生……」

潔諾薇亞也稀鬆平常地接著愛西亞的話說了下去：

「桐生是我的常客喔。當然，也知道我們的真實身分。」

………………………………

…………不是吧。

雖然沒發出聲音，但我對著教會三人組露出像是在說「真的假的？」的表情，三人便同時點頭。

「……咦、咦咦！」

我驚叫出聲！那還用得著說嗎！為、為、為、為什麼桐生會知道我們的真實身分啊？而、而、而且還是潔諾薇亞的常客！我都不知道！這種事情我可不知道啊！

「什、什麼時候開始的？」

難掩困惑之色的我這麼問桐生。只見她一邊回想一邊說：

「應該是十二月剛開始的時候吧。我在車站前面拿到傳單，試著召喚了一下，結果小潔諾薇亞就跑出來了。然後，我們聊了一下之後，莉雅絲學姊也現身，大家聊著聊著我就什麼都知道了。」

十、十二月……不就是上個月嗎！而且還是在車站前面拿到傳單……然後就召喚出潔諾薇雅，莉雅絲也對她說明了一切……？

桐生爽朗地大笑，然後說：

「不用擔心啦。我不會告訴任何人，也沒讓松田、元濱他們知道。莉雅絲學姊和愛西亞她們都那麼拜託我了，身為朋友的我怎麼可能告訴別人呢？對於這種事情，我的口風可是很緊的呢。」

哎呀……沒想到事情會變成這樣。竟然被這個傢伙知道了我們的真實身分……這就表示，從上個月開始，桐生就已經知道我們的內情，卻還是一如以往，照著平常的方式和我們相處啊……

桐生點了點頭，然後說：

「不過，還真是辛苦你了呢，兵藤。我聽小潔諾薇亞和愛西亞說了，世界的命運好像掌握在你手上是吧？看著平常那個色瞇瞇的你，實在很難想像就是了。」

說著，桐生用手肘頂了我兩下，嘴裡唸著「真有你的」……哎呀——這已經不是驚訝兩個字可以形容了。其他成員差不多是感到驚訝的人和知情而保持冷靜的人各半。也就是說，有些人早就知道，而有些人也和我一樣沒聽說吧。這就表示，身為主人的莉雅絲認為這件事不是什麼太重要的事情……身為同班同學，這對我來說算是挺重大的啊。不過，上個月又有戰鬥跟一堆事情要忙，莉雅絲大概也是顧慮到這些，才沒讓我操心太多事情吧。

「小潔諾薇亞沒化妝就很漂亮了，所以我原本覺得她不需要過多裝飾呀。只是想說等到屈於劣勢的時候再下這點猛藥應該也不錯。」

桐生用手指比成取景框，捕捉潔諾薇亞的模樣。

「我可是不會輸的，我要贏過花戒！」

「沒錯，就是這種氣勢，潔諾薇亞！」

「是啊，伊莉娜同學說得沒錯！由於我當上了社長，或許沒辦法幫太多忙，但我還是會為潔諾薇亞同學加油！」

「啊啊，你們都是我的真心摯友啊！」

「「「阿門！」」」

潔諾薇亞、伊莉娜、愛西亞三個人圍成一圈，肩搭著肩，看起來真是帶勁。

桐生舉手敬禮，對大家說：

「總之就是這樣。我會負責幫小潔諾薇亞輔選，你們新一代神祕學研究社也要加油！」

說完，桐生帶著潔諾薇亞和伊莉娜再次回到舊校舍的空教室去了。她們大概還有事情要討論吧。

……話說回來，桐生知道了啊……新年才剛開始，就發生了這麼多令我驚訝的事情。這下子看來，今年應該也是事情一堆，一點也不輕鬆了吧……今年我搞不好會死個三次啊……

經過潔諾薇亞她們闖入的插曲，在大家都恢復平靜之後，蕾維兒舉手發言：

「好了，既然神祕學研究社的初期方針大致上已經底定，那我就暫時先回冥界去了。」

聞言，木場說：

「這麼說來，蕾維兒小姐要暫時回去當令兄的眷屬是吧。」

「是啊，因為萊薩哥哥的眷屬目前還沒找齊，這讓我有點擔心。所以家兄和母親大人再次進行交易，讓我回到家兄的隊伍參加這次的遊戲。」

沒錯，不久之前發生了大事——萊薩的復出戰已經拍板定案了，而且對手竟然是現任冠軍，迪豪瑟·彼列！這件事讓大家都嚇了一跳。沒想到，他的復出戰對手竟然會是冠軍。

而蕾維兒也確定參加那場復出戰了。聽說，是因為萊薩認為在比賽之前大概無法湊齊眷屬，便拜託他媽媽在比賽那天將蕾維兒借給他。

萊薩之前將蕾維兒和她媽媽沒用過的「主教(bishop)」棋子交易，所以到現在還是少一名「主教(bishop)」。去年底曾經辦過決定萊薩最後一名「主教(bishop)」的活動，我也去看了一下……但是到現在都還沒決定新成員。

畢竟在系統上來說，一旦決定了眷屬之後就很難重選，自然讓人不得不謹慎。話雖如此，他可是萊薩，我看有一部分原因是不想在他對女性的喜好上妥協吧。可惡——！雖然不甘心，但我也明白啊，萊薩！對於自己的後宮成員怎麼可以輕易妥協呢！

然而，我忽然想到一個問題。是關於交易。

「臨到比賽前才進行交易，這樣真的沒問題嗎？」

我這麼問木場。

「基本上，在比賽決定之後，必須遵守幾項條件才能夠進行交易，也會經常遭到營運方面否決。要是每個人都在對手確定了以後才更換隊員的話，可就沒完沒了了。如果是對於交易毫不執著的選手，每次都這樣應付對手的話，搞不好過個十場比賽，原本的眷屬就全都不在隊上了。」

說的也是。要是在確定對手之後還可以交易的話確實會沒完沒了，也會經常發生換到最後原本的隊員都沒了的狀況吧。這樣一來，眷屬——「惡魔棋子（evil piece）」和排名遊戲的存在將變得沒有意義。

然後，蕾維兒也接著說了下去。

「這次是因為兄長大人在比賽之前找不到最後一位眷屬，而且我原本是兄長大人的眷屬，再加上排名積分又相去甚遠，冠軍那邊也容許我們這麼做。基於這些因素，才獲得了營運方面許可。」

所以對方也答應了是吧。原本雙方的差距就相當顯著，讓萊薩這邊補人也是應該的吧。

「……冠軍目前的積分是多少啊？」

我這麼問大家。排名遊戲和人類世界的西洋棋排名一樣，是根據積分點數來決定排名。我一時忘了皇帝(emperor)彼列目前的積分，所以特地向大家詢問。

而回答我的是小貓。

「……我記得是三千五百多分，遙遙領先。不過前十名都有超過三千分就是了，人稱未知的領域。」

單獨領先啊。也對，他一直都是冠軍嘛。

「——那萊薩呢？」

接著讓我好奇的，就是要和他對戰的萊薩目前的積分了。

「……連兩千都還不到。畢竟兄長大人目前只能算是前景看好的新生代……」

蕾維兒委婉地這麼說。

……積分差超過一千五百嗎？喂喂喂，無論如何這也差太多了吧！主辦單位還真能搞出這種對戰組合來啊！

「差、差這麼多沒問題嗎？」

嘴角抽搐的我這麼問。

木場也歪著頭說：

「照理來說，積分差這麼多的選手並不會對上呢。這次的比賽一方面是萊薩．菲尼克斯先生的復出紀念賽，一方面也是想讓接連遭受恐怖攻擊而感到不安的冥界民眾欣賞冠軍的比賽加以安撫，算是近乎表演賽的性質。」

表演賽！所以就像特別活動一樣啊。也對，既然積分差這麼多，大概就是這麼回事吧。這樣說或許有點對不起萊薩，不過這場比賽恐怕會是一面倒吧。

蕾維兒接著又補充了一些情報。

「說得更白一點，這次其實是有個叫作『皇帝彼列十大賽』的特別企畫，其中一場的對手就是兄長大人。」

「啊，莉雅絲在年底的時候曾經像唸佛經似地喃喃說著『得把十大賽錄起來才行……』之類的，就是那個吧。」

之前稍有空閒的時候莉雅絲像是想起了什麼，這麼說過。那個時候就是在說這件事吧。

「因為有許多罕見的對戰組合，除了菲尼克斯那場以外，應該也有其他比賽引起莉雅絲前社長的關注吧。」

木場如此補充說明。

原來如此——十大賽啊！正因為是冠軍才會有這樣的特別活動吧。而萊薩也在活動中搶到了一個位子。在某種意義上，這對新生代惡魔而言是一種榮譽。能夠和那位冠軍大戰一場耶。那肯定是相當寶貴的經驗，而且光是獲選為十大賽的對手就是非常光榮的一件事情了。如果是我，光是被選上就會非常開心了吧。

蕾維兒有點自豪地說：

「這、這場遊戲對兄長大人而言是一種榮譽，對我們菲尼克斯家而言，儘管是表演賽，能夠獲選為皇帝彼列大人的對手也是值得欣喜的一件事情，自然沒有理由拒絕。」

嘿嘿，平常那麼愛抱怨她老哥，沒想到蕾維兒還是挺為哥哥著想的嘛。這是她的優點，也是她可愛的地方。

蕾維兒鄭重其事地說：

「事情就是這樣，所以我不久之後要回菲尼克斯家一趟。」

就在大家都表示了解之後，超過十名的一行人走了進來。

是莉雅絲、朱乃學姊、阿撒塞勒老師，以及以蒼那前會長為首的西迪眷屬。所有人的表情都有點緊繃。我們新一代神祕學研究社的社員們見狀，也都覺得可能是發生什麼問題了。

愛西亞去叫了人在別間教室的潔諾薇亞和伊莉娜，帶著她們回到社辦。身為普通學生的桐生則是留在那間教室等她們。

確認所有人都到齊之後，老師望著我們，開口說道：

「不好意思，新學期才剛開始就要帶給你們不太好的消息。事情雖然不到最糟糕的地步，但你們還是知道一下比較好。」

不算最糟，但也不太好的消息……算了，反正我們碰上的都不是些什麼好事。

老師繼續說了下去。

「教會陣營的部分信徒——主要是旗下的戰士們，發動了武裝政變。這件事我在去年的年底就向你們提過了吧？」

沒錯，現在教會陣營以戰士們為中心，發生了武裝政變。在三大勢力結盟之後，戰士們接到了「不准與惡魔、墮天使為敵」的通知，因而生活在不滿之中。儘管理由各自不同，但他們全都對惡魔和墮天使抱持著負面觀感，因此高層締結的和議對他們而言有如晴天霹靂。不過，因為他們還能夠討伐吸血鬼與魔物，所以儘管心有不滿，依然奉命行事。然而，就連吸血鬼也準備和三大勢力談和了。對此，有些戰士感到安心，但有許多戰士覺得很不是滋味，也是事實。

於是，戰士們的不滿終於爆發，導致了這次的武裝政變。對於他們而言，現狀形同是剝奪了他們戰鬥的理由——找死敵復仇、生活的食糧、生存的意義等等。

對此，潔諾薇亞之前也說過這樣的話。

「我也不是不能體會。為了主、為了教會、為了和魔性之物交戰，而活到現在的戰士，突然失去了戰鬥的理由……也難怪他們會不知道該怎麼活下去。」

潔諾薇亞的這句話，非常具有說服力。事實上，她自己也曾經失去戰鬥的理由，而離開教會，最後決定以惡魔的身分繼續活下去，暫且解決了問題……但不見得所有戰士都能夠像她一樣找到新的目的。這次的事件就是因為這樣而發生的吧。

阿撒塞勒老師繼續說：

「教會方面的武裝政變……其實大致上已經平定了。參與暴動的人多半都已經被捕，指揮他們的幹部層級也大致上都被抓到了，但是——」

老師豎起了三根手指。

「武裝政變的三名主謀仍然在逃，而至今依然有許多戰士跟隨著他們。」

……主謀帶著戰士們逃亡了啊。

蒼那前會長說起了主謀的名字。

「三名主謀分別是樞機主教戴多祿・冽冷齊大人、樞機司鐸瓦斯科・史特拉達大人，以及樞機執事伊瓦德・克里斯托迪大人。」

莉雅絲聽了，摸了摸下巴說：

「……全都是聽過的名字呢。」

我若無其事地問了小貓那都是些什麼職位……畢竟，我現在對惡魔的事情熟悉多了，但是對教會方面還很生疏。小貓嘆了口氣，然後開口答道：

「……樞機主教是在天主教中僅次於教宗的職位，樞機司鐸則是再往下一階，而樞機執事又要再往下一階了。這三個階級都有好幾位教會高官擔任，而剛才提到的那幾個名字都是該階級當中的大人物。」

所以那幾位都是教會的高官囉，而且都是小貓也知道的大人物。

木場接著對我說：

「也就是說，職位第二高、第三高以及第四高的人一起發動了武裝政變，而且現在依然在逃中。」

原來如此，簡單明瞭。對此，教會出身的愛西亞、潔諾薇亞、伊莉娜都顯得相當困惑。尤其是身為戰士的潔諾薇亞和伊莉娜，兩人都瞇細了眼睛，顯得格外嚴肅。

潔諾薇亞好不容易擠出一句話說：

「是史特拉達大人和克里斯托迪老師啊……」

「妳認識他們？」

我這麼一問，潔諾薇亞便帶著極度認真的眼神回答：

「那是當然——史特拉達大人是杜蘭朵的前任持有者。」

『——！』

聽她這麼說，包括我在內，不知道這回事的成員們都驚訝到說不出話來！……這當然會感到驚訝了。沒想到上一位使用杜蘭朵的人，竟然會是武裝政變的主謀之一！

阿撒塞勒老師說：

「在使用過杜蘭朵的劍士當中，他也是特別優異的一位。有人說他的能力直逼英雄羅蘭，甚至超越之。以戰士出身的人而言，他也是爬得特別高的一個。他力闡戰士養成機構的必要性，也是戰士們的主導者。」

戰士出身的高官！而且還曾是杜蘭朵的持有者……

伊莉娜接著說：

「史特拉達大人都已經高齡八十七了呢……」

根本就是個老爺爺了嘛！都已經年過八十了還發動武裝政變，未免淘氣過頭了吧！難道是拖著蹣跚的步伐點燃狼煙的嗎？

然而，潔諾薇亞的眼神依然嚴肅。

「……大家就忘了他的年齡吧。那位大人……是個活傳說。他的肉體可是到現在都沒有衰退喔。」

——！真的假的。再怎麼說也是八十多歲的老爺爺了耶！而且他是人類吧？既然如此，都八十多歲了應該已經……

而老師表情也和潔諾薇亞一樣凝重。

「……那個臭小子，即使現在已經一把年紀了，還是老而未衰，強得跟鬼一樣。他在第二次世界大戰期間和我們家的可卡比勒打過一場，逼得可卡比勒節節敗退。那個傢伙之所以對聖劍那麼有興趣，最根本的原因就是史特拉達那個男人。那個傢伙就是這麼厲害。」

那個可卡比勒竟然打不贏人類！……去年的王者之劍搶奪事件也是因為他們的一戰而起，讓我不禁感到命運的奇妙。

這麼說來，可卡比勒那個傢伙當時也說過，杜蘭朵的前任持有者是個超乎常軌的高手。

「我記得第一個被提名為四大熾天使的A(ace)的候選人，也是他對吧？」

伊莉娜點頭回答老師的問題。

「是的。烏列大人和拉斐爾大人同時選中了史特拉達大人，但他自己拒絕了兩位熾天使大人……他表示想以人類的身分死去。」

四大熾天使竟然有兩位同時邀請他，也太誇張了吧！而且他還拒絕了！

當眾人臉上都寫滿緊張時，唯有愛西亞帶著複雜的心情，露出笑容說：

「當我還在教會當聖女時，曾經見過史特拉達大人一面……他是個相當和善又溫柔的大人喔。」

愛西亞對他的印象還不錯啊。大概也是因為這樣，聽到他挑起武裝政變一事，才會顯得那麼困惑吧。

「我個人倒是不太想碰上克里斯托迪老師啊……他是所有人的恩師，只要是教會的戰士，全都受過他的照顧。」

伊莉娜針對武裝政變的另一名主謀，伊瓦德．克里斯托迪如此表示。

教會戰士的恩師……潔諾薇亞和伊莉娜的心情想必非常複雜吧。

潔諾薇亞也認同了伊莉娜的意見。

「我也是在克里斯托迪老師的課程當中，從基本開始學習對付惡魔和吸血鬼的方式。」

「……每次前往梵蒂岡的時候，老師都用心教我如何使用王者之劍。我記得，聽說克里斯托迪老師還是現役戰士的時候，六把王者之劍當中，他能夠同時使用三把……」

阿撒塞勒老師也附和了伊莉娜的發言說：

「是啊，這是真的。當時，伊瓦德．克里斯托迪是在神子監視者引起熱烈討論的人才。那時他同時使用了三把王者之劍，但據說，理論上那個傢伙應該能夠使用所有的王者之劍。不如這樣說吧，瓦斯科．史特拉達和伊瓦德．克里斯托迪在戰士時代都是遠近馳名的怪物。再加上他們培育出許多戰士們的成果，以戰士出身的神職人員而言，他們算是兩大巨頭。只要他們兩個登高一呼，起而響應的人自然不計其數……事實上，戰士們多半也都參加了這次的武裝政變啊。」

……對教會戰士們影響深遠的兩位大人物，而且還是杜蘭朵和王者之劍的前任持有者……緣分到了如此奇妙的地步，讓我不禁覺得這不是偶然兩個字能夠解釋的了。所謂力量與力量會互相吸引，大概就是這麼回事吧。

蒼那前會長推了推眼鏡說：

「過於得天獨厚的才能，甚至連最上級惡魔都能消滅——有史以來，擁有卓越才能的人類難得現世，就連實力堅強的惡魔也感到害怕。他們兩位留下來的傳說至今依然流傳。」

……伊瓦德．克里斯托迪和瓦斯科．史特拉達這兩個人真的那麼了不起啊……

這時，老師提起了三名主謀當中的最後一個。

「戴多祿．洌冷齊則是最年輕的樞機主教，是個罕見的傑出人才。」

愛西亞對這個名字好像也有著什麼印象，她開口說道：

「……其實，連我也沒見過他。聽說他在天主教的高層當中，同樣是一號神祕人物。」

「我也一樣。」

「我也只知道名字，並未拜見過他。我想，葛利賽達修女應該也一樣吧。」

潔諾薇亞和伊莉娜也在愛西亞之後如此表示。就連轉生天使也沒見過，也太神祕了吧。

大概是有什麼理由必須隱瞞他的真實身分吧。

好了，說明到此為止，既然老師把三名主謀仍然在逃的消息告訴了我們，就表示……即使我不願意也想得到接下來的發展。

老師再次開口：

「總而言之，發動之前武裝政變的三名主謀和跟隨他們的戰士們依然在逃，而他們的目的地，恐怕——」

老師的食指指向下方——也就是這塊土地。

「就是這裡了吧。聽說教會偵訊了被捕的戰士，得到了他們希望能夠邂逅『D×D』的供詞。你們象徵著同盟的核心，他們大概很想見你們吧。當然，他們肯定不會單純只是來跟你們聊聊而已就是。」

……說的也是啊……真是的，竟然在這麼忙的時期，還會被捲進教會的武裝政變之中。不過沒想到連自己人都會來找我們這支混編隊伍「D×D」的麻煩啊，這也表示我們的存在就是如此特別吧。不過還是希望事情別搞成這樣……

緊張感在我們之間逐漸竄升。但是，老師露出了苦笑。

「你們也不用太過緊張啦。我知道你們連續經歷了那麼多生死之戰，有這種反應也很正常，不過這次應該不至於弄到那麼血腥才對。事實上，發生在梵蒂岡的武裝政變也只有造成人員受傷，沒有任何人喪命。因為轉生天使們竭力阻止了政變派。這次不過是戰士們對於存在意義的苦惱導致不滿爆發的結果罷了。」

死亡人數是零啊。真是不幸中的大幸……但以目前的狀況來說，幾乎可以確定我們也會遭殃，這要我們怎麼放心啊！

蒼那前會長也嘆了口氣說道：

「……不過，我們還是應該設想與他們交戰的狀況才對。我們也會極力避免你死我亡的局面發生，但現在根本不知道事情會演變成怎樣……恐怖分子也有可能在這種狀況下坐收漁翁之利，畢竟時機也正好啊。」

前會長所言甚是。邪惡之樹確實很有可能在我們和政變派大打出手的時候趁機襲擊。對他們而言，能夠打倒我們兩邊之中的任何一邊都是獲益。

老師聳了聳肩。

「當然，我們會做好充分的戒備……而且外頭有個傳聞，說事情的開端，是起因於李澤維姆那個傢伙煽動了教會高層。那個男人是煽動的鬼才。單論唆使別人做事情的話，無人能出其右。蒼那說的沒錯，還是小心為上。」

……原來和那個混帳傢伙有關啊。老師說的我可是清楚得很。那傢伙……那傢伙所說出口的每一句話都讓我非常不爽。明知道全都是他故意那麼說的，我還是忍不住一肚子火。

「……話說回來，駒王學園和聖劍還真是有緣啊。」

默默聽到現在的匙，忽然冒出這麼一句話。

我也這麼覺得。沒想到居然有這麼多持有者和聖劍聚集到這裡來啊。

「…………」

這時，我和匙同時發現木場陷入了沉思……說到和聖劍有關的人，他也是其中之一。

「不好意思，木場。我說話太不經大腦了。」

匙一臉非常過意不去地向木場道歉。木場聽了只是輕輕一笑。

「不，我並不介意。在那之後我已經看開了，也不會基於對聖劍有關的人的憎恨之情而行動啦。」

他說的應該是實話。不過……這個傢伙不安定的感覺依然在我心中揮之不去。要是發生什麼重大事件，木場絕對會拿自己的生命當成武器。畢竟之前我才聽夥伴們說，他在天界好像用了相當魯莽的攻擊方式，打倒了格倫戴爾的量產型……

平常一副冷靜的樣子，但這個傢伙的本質，依然是一把出鞘的劍——這傢伙需要劍鞘。真希望有人可以成為讓他歸去的劍鞘啊……不過，木場應該沒察覺我是這樣擔心他吧……要是你死了，我可不會原諒你喔，我的摯友。

老師露出張狂的笑容說：

「不，你們和聖劍有緣也不完全算是玩笑話。這是個好機會——潔諾薇亞、伊莉娜、木場，身為和聖劍息息相關的人，你們更應該克服前人。要是他們真的攻過來了，你們可得傾全力超越他們啊。既然列名於『D×D』之中，你們更應該辦到這件事，才能成為克制惡徒們的王牌。」

聽阿撒塞勒老師這麼說，三人的眼中閃現強烈的光芒，用力點了點頭。

「超越前人啊……」

潔諾薇亞如此自言自語。

——超越前人。

聖劍的事情固然如此，不過我想她應該也在想會長選舉的事情吧。放心啦，潔諾薇亞肯定在這兩方面都能超越前人。

「所有人都要保持警戒，對於教會政變派也是，對於邪惡之樹更是。」

老師這句話為今天的緊急報告會議劃下了句點。

這天，社團活動也就此結束，大家各自度過放學後的時間。

—○●○—

當天深夜——

神祕學研究社社員以及杜利歐、葛莉賽達修女、瓦利隊（瓦利、美猴、亞瑟、黑歌、勒菲），再加上刃狗（slash dog）幾瀨鳶雄，都聚集到兵藤家地下的室內游泳池。西迪隊由於突然有急事要辦，因此並沒有來到現場。

飄浮在半空中，讓游泳池的水面掀起水浪的，是身穿鎧甲的我——以及全身上下籠罩在氣焰之中的莉雅絲。剛才，我們才展示了兩個人一起研發出來的新招式，給「D×D」的成員們看。

新招式的餘波使得游泳池的水四處飛濺，將池畔沖得一片濕。不過大家早就預料到會這樣，便各自以雨傘和魔力、魔法等方法，避免直接被噴濕。

新招式使用了天龍，也就是德萊格的力量，所以我也想聽聽瓦利的建議，才為了這次測試特地把他叫來……沒想到沒有事先演練，還使得挺像樣的呢！

『喔喔！』

看著我們的新招式，觀眾們拍手歡呼。

我們施展的是所謂的合體技。之前莉雅絲就注意到我的轉讓能力，同時對不久之前剛覺醒的飛龍（wyvern）也很感興趣。她之前一直在想能不能將這些能力和自己的毀滅魔力加在一起運用。而在新年剛開始的時候，她找我討論過這件事。聽了她的主意之後，我也覺得說不定可以成功。然後，我叫了同樣身為天龍的瓦利過來協助我們，一邊聽他的意見一邊嘗試，終於在剛才姑且算是成形了。

哎呀——有很多地方只有我一個人的話肯定辦不到。如果沒有莉雅絲的才能，就不會有這個新招式了。下次遇見敵人的時候，可以的話還真想用用這招呢。

練習完招式之後，我和莉雅絲降落到池畔。我解除了鎧甲，喘了口氣。大家也直接留在池畔，稍事休息。

「啊、噗……！我不會游泳啦～～～～～～！」

如此慘叫的是加斯帕。他原本好像和小貓、蕾維兒、黑歌、勒菲在玩水球，結果腳一滑就溺水了。

「喂，阿加！是男人不該這樣就溺水吧！」

我苦笑著這麼說，但是——

「因為……我是吸血鬼嘛！我怕水啦～～～！」

他卻如此大叫。不是吧，你剛才在水裡玩水球的時候不就沒事！

「你是混血的吧！而且現在是惡魔了！可以啦、可以啦！而且根本就踩得到底啊！」

經我這麼一說，他總算說了聲「啊，對喔」，並在游泳池裡站穩了腳步……真是的，原本還以為他稍微有點男子氣概了，有些地方卻還是這麼窩囊……身上穿的也是女用泳裝！

「呵呵呵，小加真可愛喵♪」

黑歌摸著他的頭這麼說……她身上的比基尼遊走在尺度邊緣，胸部更是晃個不停。嗯嗯嗯，真是大飽眼福！

至於我……

「呵呵呵，偶爾像這樣也不錯呢。」

「是啊，呵呵呵。」

則是在幫朱乃學姊、莉雅絲兩位大姊姊擦防曬油！沒想到可以在地下游泳池擦防曬油！現在是冬天，而且在地下，根本不會曬到太陽！再說了，只要使用魔力就能夠防止曬黑，所以這種防曬油只有美容作用！然而——！只要有人叫我幫忙擦我就樂意效勞，這就是本人，兵藤一誠！

池畔擺了兩張沙灘躺椅！兩位大姊姊就趴在上面！她們已經解開比基尼，完全開放了美背！

呼呼呼！我將專用的防曬油倒在手上搓了搓，然後依莉雅絲、朱乃學姊的順序塗抹！

「嗯！」

「呀！」

兩人口中輕吐出誘人的叫聲。

我的手滑過女體！啊啊……這身又嫩又滑的肌膚！彈力適中、肉感軟嫩，我的手指就這樣從莉雅絲和朱乃學姊的背上一路往大腿、小腿肚滑了過去！擦到腳尖之後，接下來就要一個部位接著一個部位仔細地塗抹防曬油了！先從朱乃學姊開始。首先是手指，接著經過背上，往臀、臀、臀、臀、臀部擦過去啊啊啊！我的手停在臀部上不停揉捏！我也沒辦法啊！是客戶自己表示要我這麼做的，我又有什麼理由可以拒絕！完全沒有！

「……啊、啊……！」

朱乃學姊的嬌喘讓我的腦袋都快融化了！而且臀部的這種觸感……已經超越了不會被捏碎的布丁，我的手指、手掌都逐漸陷入其中！啊啊啊啊啊啊啊啊啊！摸起來怎麼會這麼舒服啊！這種軟嫩中帶著彈性的觸感，讓我忍不住想一輩子就這樣一直摸朱乃學姊的臀部！

莉雅絲見狀說道：

「一誠，前面也……可是這裡有別人在看，應該還是不可以吧。等等到床上繼續好了？還是去浴室呢？」

請不要一面這麼說一面對我送秋波好嗎——！害我都猶豫起來了啊！

啊啊……在床上對著胸部擦防曬油！這也不錯！但彼此都呈現全裸姿態在大浴場中擦防曬油！這好像也不錯！好、好猶豫啊～～！該怎麼辦呢～～！不過在猶豫的同時，我的手依然一把抓著朱乃學姊的臀部就是了！

朱乃學姊也一面嬌喘一面說：

「哎呀，那……啊嗯，我也……嗯嗯，到床上繼續好了。呵呵呵，真教人興奮……呀嗯，唔呼……說不定會超過擦防曬油的……啊嗚……尺度喔。」

連朱乃學姊也以煽情的眼神看著我——————！

——這時，一旁傳來第三者的聲音。是伊莉娜和羅絲薇瑟。

「我、我也想請達令幫我擦防曬油，可是完全無法介入兩位姊姊之中！」

「…………討厭！我怎麼會看他們擦防曬油看到呆掉捏！真素太丟臉了！」

妳們也想要我擦嗎！我、我是很開心啦，只是要幫四個人擦好像有點吃力！再怎麼說也太花時間了，再這樣下去，今天之內根本無法進展到擦胸部的部分啊！

這時，有人立刻介入了眾人之間——是蕾維兒！她丟下水球跑過來了啊。

「即使是休息時間，一誠先生的時間依然寶貴！請各位克制一下擦防曬油的需求！」

對於行程控管非常嚴格的蕾維兒，對伊莉娜和羅絲薇瑟想要參加提出了異議……這時，莉雅絲說：

「蕾維兒，也讓一誠幫妳擦一下吧。妳偶爾也得休息一下才行喔！」

「我、我也加入嗎？這個嘛……我該如何是好呢……？」

哎呀！她居然無法拒絕，還猶豫了起來？沉思了一陣子之後，蕾維兒迅速拿出筆記本，然後大喊：

「現、現在開始決定擦防曬油的時間分配！」

一誠先生的行程表

——然後，她就和莉雅絲她們討論了起來！喂喂喂！妳、妳要排那種行程嗎？不，我是很開心啦！可是人數也太多了吧？最後，所有人拋下了我，莉雅絲、朱乃學姊、伊莉娜、羅絲薇瑟、蕾維兒都開始排起擦防曬油的行程來了！這時，就連黑歌也不玩水球，跑過來舉手說「我也要參加喵」！六個人就這樣圍成一圈，討論起我的擦防曬油行程。

又變成一如往常的景象了！這不就是女生的猛烈攻勢反而讓我大傷腦筋的模式嗎！……不、不過，這確實是幸福的煩惱！我認為啦！我想這麼認為！

沒得擦防曬油的我被晾在一旁，只好坐在一個跳台上，看著池畔。幾個女生正在討論擦防曬油，一旁則是正在和愛西亞討論事情的潔諾薇亞。看她一臉認真的模樣，可以想見她們正在討論學生會總選舉。

「潔諾薇亞也變了呢。」

——這時，有人這麼對我搭話。我轉過頭去——發現是身穿比基尼的葛莉賽達修女！平常包在修女服底下所以看不見的豐滿胸部出現在我眼前！平常不做性感打扮的清純女性穿上了比基尼，這種反差更讓我覺得性感到不行！白皙到甚至有點刺眼的肌膚真是美麗極了！

修女在我旁邊的跳台上坐了下來說：

「斬擊公主……這是潔諾薇亞還是戰士時的外號。手持王者之劍與杜蘭朵的她，為教會斬殺了許多敵人。」

我聽過這件事。教會時代的潔諾薇亞以上帝之劍的身分，制裁了許多惡魔、吸血鬼，以及魔物。由於她斬殺目標時的無情模樣，以及不知道在想什麼、令人難以親近的個性，曾幾何時，人們開始以「斬擊公主」這個外號揶揄她。

修女繼續說了下去：

「照顧那個孩子讓我費了不少心思。我和那個孩子是同一個設施出來的，所以被選為負責照顧她的人，不過無論我交代什麼，她都做得非常馬虎。光是教會她身為淑女最低限度的教養，就讓我費盡心力了。」

乍聽之下，修女好像是在抱怨潔諾薇亞，但她臉上掛著溫暖的笑容，就像是姊姊在講述著妹妹的事情一般。

「直到遇見年齡相仿的同伴——戰士伊莉娜之後，她才多了點年輕女孩的表情。」

正如修女所說，能夠和潔諾薇亞長期搭檔的，聽說伊莉娜是第一人。大部分的人和潔諾薇亞搭檔之後都會發現思考、戰鬥方式和她不合，而拒絕再次和她搭檔。能夠適應潔諾薇亞的思考和戰鬥方式的，就只有伊莉娜。我認為，是因為她們都是個性都奇怪的女生吧。出乎意料的，就是因為兩個人的個性都很奇怪，而產生了某種化學作用，才讓她們彼此投合，成了一對好搭檔。

修女笑逐顏開地說：

「知道她變成惡魔的時候，老實說我差點暈倒；不過看見她現在那樣時而困擾、時而歡笑的表情，讓我覺得這也是好事一件。」

我順著修女的視線看過去，只見伊莉娜跑過去和愛西亞以及潔諾薇亞會合，三個人七嘴八舌地交換著意見。看在她的眼中，那想必是三個女孩在一起歡笑，令人莞爾的景象吧——

「我聽說她想當學生會長。」

「是啊。我一開始還以為她在開玩笑，但她是認真的。放學之後，她還會和朋友們一起留在學校，針對選舉開會討論戰略呢。」

「看來她真的覺得上學很開心呢。」

修女打從心底為潔諾薇亞的變化感到開心。平常她總是對潔諾薇亞展現出嚴厲的一面，不過我想她是真的非常疼愛潔諾薇亞。

修女鄭重地對我說：

「兵藤一誠先生，那個孩子還請你多多關照了。」

「那是當然！不過，我也關照不了她什麼就是了。反倒是她和愛西亞、伊莉娜，還有其他同班同學在一起的時候，比較容易得到正面的刺激，對她而言比較好吧。」

然而，修女聽我這麼說卻搖了搖頭：

「或許是這樣沒錯……不過，我說的是她身為女性的那一面。呵呵呵，原來如此。難怪住在這裡的女生們會那麼辛苦了。」

露出意有所指的苦笑之後，修女站了起來，說了聲「先告辭了」之後，便離開了。看來她好像是要去找潔諾薇亞。我觀察了一下狀況，就看見修女雙手夾住潔諾薇亞的臉，開始對她訓話……潔諾薇亞那個傢伙，是不是又說了什麼不該說的話啊……

嗯——從遠方欣賞身穿比基尼的修女也不錯呢！這應該是相當寶貴的一幕吧，趕緊腦內存檔、腦內存檔。

這個時候，我聽見瓦利隊的對話。

「喂，瓦利。減輕我們的罪刑的條件，不是叫我們在緊急時刻幫忙嗎？我們是不是也該幫忙一下『D×D』的工作比較好啊？」

是美猴。他正好在這麼建議瓦利。

「我只想把時間花在追殺李澤維姆和邪龍，以及提升自己的力量。不好意思，這個部分就交給黑歌和勒菲負責了。」

但瓦利一口否決了他的提議。雖然訓練的時候，他偶爾也會出現就是了呢。不過訓練時的對手通常都是第一代孫悟空老爺爺，或是杜利歐之類的強者。今天之所以願意跑這一趟，除了給我意見以外，一方面也是對我的新招式有點興趣吧。

「我對於在教會發起武裝政變的前聖劍士倒是非常感興趣。」

亞瑟推了推眼鏡，露出無所畏懼的笑。

這個傢伙似乎也是根據自己的理論在行動啊……

聽亞瑟那麼說，瓦利表示：

「說的也是。亞瑟，你這次要不要留在這裡啊？不久之後，這裡或許將上演使用傳說之劍的劍士們的慶典呢。」

聽他這麼一說，亞瑟摸了摸下巴回以「這樣也不錯」，並開心地笑了……對我而言，瓦利隊當中最難相處的就是亞瑟了吧。相較之下我和美猴還比較談得來。

在瓦利隊的三位男性如此對話時，一個人影走了過去——

「瓦利，別給阿撒塞勒先生添太多麻煩。」

——是刃狗(slash dog)幾瀨鳶雄。

對於幾瀨的出現，瓦利聳了聳肩說：

「……是鳶雄啊。有你在的話，無論是阿撒塞勒，還是支援『D×D』的工作，都不成問題了吧。」

「要是你也在的話，不就更可以放心了嗎，瓦利。」

「我倒是比較想和你打一場——我想為當時的事情做個了斷。」

瓦利眼中浮現出戰意——但是，幾瀨只是搖了搖頭。

「你還是和赤龍帝打吧，我可不是你的宿敵。」

聽他這麼一說，瓦利輕輕一笑，打算離開現場。

「等等，瓦利。總之，你至少先把今後的行程告訴我吧。」

幾瀨這麼說，瓦利便停下腳步，頭也不回地說：

「……我知道了。不過，我要先上去了。」

——！……看著乖乖聽話的瓦利，我難掩驚訝……是喔，那個傢伙居然會對阿撒塞勒老師以外的人說那種話啊……

這時，幾瀨似乎發現到我在觀察他們的互動，便往我這邊走了過來。

「嗨，兵藤一誠。我好像讓你看到奇怪的一幕了呢。」

「不，別這麼說……」

「謝謝你願意搭理瓦利。」

幾瀨如此對我道謝。

「……沒想到幾瀨會對我說這種話，真是意外。」

「還好啦，我和他算是一段孽緣嘛。」

說著，幾瀨從懷裡拿出一張照片。

——照片上有著學生時代的幾瀨，還有看似他的夥伴的幾名男女。有個做魔法師打扮的女孩，以及留著棕髮的不良少年。

除此之外，還有個一頭銀髮、個頭不高，看起來很臭屁的傢伙……長相和瓦利有些神似。

「……這是以前的照片嗎？哇啊，這個傢伙該不會是瓦利吧？看起來有夠臭屁！」

聽我這麼說，幾瀨也笑了。

「是啊，他那時比現在還臭屁多了。」

「照片裡的是幾瀨的夥伴嗎？」

「……是啊，是在四年前發生的一場大騷動當中，和我一起行動的成員。當時發生了許多和神器(sacred gear)有關的事件。在那之後，我就一直和他們一起行動到現在。」

是喔，那也就是說，照片上的這些成員現在也還在協助神子監視者啊。

「我和瓦利曾經一起生活過一段時間，所以我很了解他。或許就是因為這樣，我才想向你道謝吧。」

「我聽說你們是敵對關係，還以為你很討厭他呢。」

幾瀨露出一副不知該作何反應的樣子說道：

「敵對啊……正確說來，只是那個傢伙一直纏著我，而我一直到處逃竄而已吧。每次一見面就要我和他交手呢。大概比較像是需要人關照的小弟弟吧。」

要是每次見面都說剛才那種話，確實也挺煩的。那個傢伙，從以前就是戰鬥狂一個啊。

「我聽說幾瀨很強耶。要是你願意和我們一起在前線戰鬥的話，不知道有多可靠。」

聽說阿撒塞勒老師前往危險地帶的時候，帶的護衛都是幾瀨。就連去冥府找黑帝斯那時，帶的也都是他。

但是，幾瀨搖了搖頭說：

「我只負責幕後工作。和二天龍對打，或是站在你們身旁之類的，都太高調了。這種事我做不來。」

……這個人真的很低調。不過，我們之所以能夠在前線作戰，都是因為有他和他的夥伴們在背後協助。勉強他們上前線確實不太好。

無意間，我發現一隻毛色漆黑的大型犬不知不覺間坐到我身旁來——我記得牠叫作刃對吧……這隻狗就這樣無聲無息地靠過來了呢。牠身上的氣焰性質特異，從那對紅色的雙眸當中，也看不出牠在想什麼。那對紅眼盯著我看……深邃的眼瞳像是會攝人心魂，深不見底的感覺令我有點毛骨悚然。

幾瀨摸了摸刃的頭對我說：

「不好意思，這個傢伙有個壞毛病，會一直盯著令牠好奇的事物看。我想，牠一定是對兵藤一誠體內的那隻龍感到好奇了吧。」

這樣啊，牠看的是我的體內啊。

『是啊，那隻狗總是盯著我一直看。或許是對天龍感到好奇吧。』

——德萊格也這麼說。

「……要不要讓牠和德萊格對話呢？」

「不，我想應該沒辦法好好對話吧。刃聽得懂人話，可是自己不會說。」

……牠是獨立具現型的神器(sacred gear)。雖然是神器(sacred gear)，這隻狗卻擁有自己的意識。

「瓦利剛才也在看你擦防曬油呢。看來，他似乎對你揉捏臀部的動作感到特別好奇。」

「真的嗎！」

竟有此事！那傢伙對於我揉捏朱乃學姊的臀部那麼好奇嗎！瓦、瓦利果然是臀部派的啊……？

然而，幾瀨又輕描淡寫地如此補充：

「我開玩笑的。」

是開玩笑的嗎！害我真的相信了！因為，瓦利那個傢伙還和我一起看過A片啊！我還以為他終於接受了我的用心，也對女體產生了興趣，害我還有點高興呢！

不過，這也讓我發現幾瀨其實意外地愛耍寶！

「那麼，我先告辭了。你今天讓我見識到的招式很不錯喔。」

留下這麼一句話，幾瀨便離開了。像這樣和平常很少聊天的人對話感覺很新鮮，也很不錯呢。尤其是他從以前就認識瓦利了，和他聊天可以發現我所不知道的瓦利，意外地有趣。

當我回頭時，看到擦防曬油的行程安排，她們那邊好像越來越吵鬧了。因為潔諾薇亞和愛西亞正在逼迫我的經紀人蕾維兒。

「我也想擦防曬油！」

「我也是！」

「……那麼，我也要。」

「那、那麼，我也要！」

「我是不是也該報名一下呢……」

小貓也就算了，連阿加和木場都這樣！誰要在臭男人的皮膚上擦防曬油啊！開什麼玩笑！

忽然間，有人把手放在我的肩膀上。我轉過頭去，看見的是杜利歐。他看著這幅景象，捧腹大笑地說：

「哎呀——不管是女生還是男生都很喜歡一誠老大呢。那麼，我是不是也該請你擦一下防曬油比較好呢？」

「饒了我吧……」

我也只能垂頭低吟了。

經過了如此種種，這天也就此結束。

—○●○—

隔天的午休時間。

吃完午餐的我，在校內的中庭和高一組——小貓、蕾薇兒、加斯帕偶遇，正在閒聊。

——這時，教會三人組和桐生現身了。她們正在對路過的學生們發傳單。

「來來來，各位同學！請看看這張傳單！競選下一任學生會長的潔諾薇亞同學的政見都在上面！只要努力，她什麼都辦得到！」

「來——請多指教——懇請各位惠賜潔諾薇亞一票——」

「懇請各位惠賜寶貴的一票！拜託各位！」

伊莉娜、桐生和愛西亞活力十足地將傳單遞給大家。

也對，現在是競選期間，就連走廊上也張貼著手工製作的海報。海報上面貼著潔諾薇亞打扮成聖母瑪利亞的照片，還寫著大大的「為駒王學園帶來真正的和平！敬請惠賜寶貴的一票！」等字樣，看起來感覺超可疑的——不過，潔諾薇亞本身是來自外國的轉學生，全校學生也都很清楚她的個性，所以學生們對於傳單和海報的評價多半都是「很有她的風格」之類，還算是不錯……駒王學園的學生不知道該說是善良，還是該說品味很獨特啊。

言歸正傳，帶著愛西亞（午休時間都在協助潔諾薇亞的競選活動）、伊莉娜、桐生一起出現在中庭的潔諾薇亞，身上背著寫上名字的披帶，站在路中間開始演講：

「呃——午安，駒王學園的各位。我是這一屆學生會長候選人，高二的潔諾薇亞。麻煩各位聽我說幾句話。要是我當上了會長——」

喔喔，她故意不用敬語，而是以最原本的說話方式演說啊。學生們也都停下了腳步，專心聽著潔諾薇亞的演講，不時還有男生說「好啊！潔諾薇亞加油！」，也有女生表示「期待妳的表現喔，潔諾薇亞」，紛紛表達支持。

小貓從遠方看著這幅景象說：

「……潔諾薇亞學姊在校內可說是無人不知無人不曉，一旦開始演講，自然會有人上前圍觀呢。」

潔諾薇亞光是身為外國美少女就已經夠引人矚目了，更何況身邊還有和她一樣身為校園偶像的愛西亞、伊莉娜。不只是男生，就連女生也注意著她們。

「和蒼那前會長的風格截然不同，也讓她因此備受矚目。」

蕾維兒也如此補充。

也難怪她會備受矚目。前會長的經營風格踏實，但同時也廣泛接納學生們的意見。而潔諾薇亞和確實做出成果、得到學生們信賴的學生會長正好相反，在體育活動方面表現得特別活躍。學生們當然都想知道她為什麼參選。

話說回來，就在潔諾薇亞吸引著眾人目光的同時，另一位會長候選人花戒桃也碰巧經過這裡，問候著同學們。

「各位同學午安，在學校過得還好嗎？」

花戒帶著神似蒼那前會長的沉穩微笑向大家打招呼。聽說花戒打從心底尊敬蒼那前會長，我想，那應該是自然而然地表現在她的態度上了吧。

「加油喔，花戒同學。我支持妳！」

「我會投妳一票。」

同年級的女同學如此聲援花戒。我好像聽過，支持花戒的很多都是模範生。

……不過，要繼承蒼那前會長應該很辛苦吧。蒼那會長在我以新生的身分進入這所學校的時候，就已經是學生會長了。也就是說，蒼那前會長連續兩年以學生會長的身分帶領著駒王學園，而花戒想繼承她的位子。

和花戒走在一起的副會長候選人——匙也獲得了同學的聲援。

「喂，匙。副會長的票我會投給你，所以你要給我們社團一點好處喔。」

一個看起來很有活力的男同學半開玩笑地這麼說。

「這是兩碼子事，請維持選舉的清廉公正。」

匙冷眼抱怨，但那位男同學只是豪爽地笑了笑說：

「哈哈哈，開玩笑的啦，我還是會投給你啦。」

「真是的，運動社團就是這樣。」

匙嘆了口氣……不過我聽說那個傢伙認真的個性，加上在處理事情的時候意外地很能夠隨機應變，因此獲得運動社團的廣大支持。尤其是運動社團的男生都非常信賴他。

除此之外，聽說書記、會計等職位也有剛轉學進來的同學表明要參選，而且還是外國來的超級美少女……不過我連見都還沒見過。

還有，高一好像也有一個知名的模範生學弟要參選。不過我沒在收集男生的情報，所以不太清楚……

「潔諾薇亞那傢伙，贏得了花戒嗎？」

我喃喃地這麼說……潔諾薇亞的對手，是待在學生會裡面的時候就經常伴隨在蒼那會長身邊的花戒。她比任何人都還要熟悉學生會。

小貓說：

「……我問過校刊社的同學，目前是六比四，潔諾薇亞學姊比較不利。學生們還是比較支持在蒼那前會長身邊工作過，並已經做出成績來的花戒學姊。」

「也對。不過，還是有四成的人支持潔諾薇亞啊。」

四成——很厲害嘛。突然跳出來參選還可以在這個時候得到這麼多支持率的話，應該還有機會翻盤才對。要是只有一、兩成的話……但老實說，感覺大概是輸定了。

「……身為外國人，運動神經又十分發達，對所有人一視同仁的個性，更讓學姊獲得男生和女生雙方的喜愛。尤其是高一的女生特別喜歡學姊。」

「學姊在高一女生眼中是帥氣女性的象徵，非常受到喜愛。」

小貓說完，加斯帕也跟著這麼表示。

高一女生那麼喜歡她啊。

「潔諾薇亞學姊！我支持妳！」

「潔諾薇亞大姊姊！我這一票絕對會投給妳！」

的確，那個傢伙身邊是圍著很多高一女生。潔諾薇亞那麼男孩子氣，所以看在同性——尤其是學妹眼中，會顯得特別帥氣吧。

「謝謝，我會加油。」

潔諾薇亞帶著微笑如此回應，周遭便傳出年輕女孩的尖叫聲。

蕾維兒不經意地說：

「我聽說支持潔諾薇亞小姐的同學當中，有一半都是鐵票。」

「是喔，為什麼？」

蕾維兒回答了我的問題：

「因為，那些支持者都是受到潔諾薇亞小姐幫助的女子運動社團成員，以及在校園生活中碰上麻煩時，受到她照顧的人。依照潔諾薇亞小姐的個性，看見碰上困難的人就沒辦法放著不管。在尚未參加學生會長選舉，還是個一般的學生的時候，她就已經默默開始關心這所學校了。」

大概是因為運動神經非常發達吧，潔諾薇亞經常去女子運動社團當幫手。雖然每次都會被挖角而感到困擾，但她去當幫手的時候看起來都很開心。而且她的正義感比別人強上一倍，看見有困難的學生就會出手相救。這樣的善意日積月累之下，讓她得到了無可動搖的支持群眾。

看著這樣的狀況，就讓我覺得競選活動也正式開始了。

……由在校生創造出來的新駒王學園啊。去年的這個時候，我只覺得升上高二是理所當然的事情。

「我也要升高三了啊……」

我如此自言自語。

這時，小貓拉了拉我的袖子。加斯帕和蕾維兒也面露微笑。

「下個學年，還有我們在。」

小貓這麼說。唉，小貓大小姐真的很擅長揣測我的想法呢。我摟著他們三個說：

「是啊，我知道。還要請你們在這個學校多關照我一年囉，可愛的學弟妹們。」

——這次，換我來帶領他們了。這才是學長該做的事。

「但以惡魔的資歷來說，我們才是前輩喔。」

我再次被小貓吐嘈！我知道啦！

放學之後，這天的社團活動也結束了，我們和莉雅絲、朱乃學姊、潔諾薇亞會合。因為很久沒去了，大家一致決定去鄰鎮站前的鯛魚燒店。

「我認為鯛魚燒除了紅豆餡以外都是旁門左道。」

「不過，奶油口味也令人難以忘懷啊。」

「……材料是麵粉、砂糖、蛋。用這些材料也可以做成鬆餅，所以無論是紅豆餡、奶油餡，還是巧克力餡都很合。」

講究正道的莉雅絲、喜歡奶油口味的蕾維兒、只要是甜點什麼都喜歡的小貓，只要聊起甜點，這些女生就特別激動。

看著這樣令人莞爾的日常，一邊走經住宅區的一角。但就在這個時候……

——！

我們突然感覺到一股難以言喻的壓力，所有人瞬間進入備戰狀態！

……這是什麼氣息……？我感覺到一股強大的波動朝我們衝了過來。不能說是殺氣，卻也不是毫無戰意……不過，確實有某個陌生人對我們投以確切無比的意念！

大家紛紛看向四周——這時，潔諾薇亞顯得不太對勁。她的手劇烈地震動著。

「……這種騷動的感覺是怎麼回事……杜蘭朵……？」

她伸出左手試圖壓住自己顫抖的右手，但左手也同樣不住顫抖。

這時，豎起耳朵的小貓似乎察覺到什麼，便往某個方向看了過去。於是所有人也將視線跟著移了過去！

視線前方——有一名身穿禮袍的白髮壯漢就站在那裡！

「Buon giorno，諸位惡魔之子。」

那個人的臉上爬滿了歲月的痕跡。只看臉孔的話，就只是一個年過八十的外國老人。然而，面容以下的部分卻否定了這個判斷。異常粗壯的脖子、厚實的胸膛、有如大樹樹幹的手臂、寬度可能比我的軀幹還要粗的大腿……！最驚人的是其身高。那肯定有兩公尺吧……？那完美的年輕肉體，使得年邁的容顏看起來更顯突兀！

——！

那個老人的身影……瞬間消失了！在哪裡？他跑到哪裡去了？不，我的視線根本沒有移開！毫無一點聲響、沒有任何動作，他就這樣消失了！

忽然，有人把手放在我的雙肩上。

「…………！」

我轉過頭去，看見的是那個高大的老人！他瞬間就繞到我背後來了？而且我們還組織了陣型，他卻站在我們的中間！難道我的夥伴們也沒有任何一個能夠對他的動作做出反應嗎？

夥伴們立刻拉開距離，擺出架勢！

——但是，老人只是在他充滿皺紋的臉上堆出笑容而已。

他以又低又粗的聲音說：

「我是來自梵蒂岡的瓦斯科·史特拉達。」

………………！

……這、這個老爺爺……就是杜蘭朵的前任持有者？教會的大人物！那個武裝政變的主謀之一！

夥伴們得知這件事之後，顯得更加緊張！我原本也打算採取行動——但肩膀上傳來一陣強大的壓力……感覺就像是心臟被人一把抓住了似的。可惡……我明明經歷過不少生死關頭……居然只因為肩膀上多了一雙別人的手就變成這樣……！這個老爺爺實在不容小覷！

瓦斯科．史特拉達看著潔諾薇亞說：

「戰士潔諾薇亞啊，聽說妳變成惡魔了？」

「……史特拉達大人，好久不見。」

潔諾薇亞的表情十分凝重，臉上布滿了冷汗。平常那麼好強的潔諾薇亞，面對這個老爺爺卻緊張到無以復加！

老人將手從我的肩上移開。瞬間就像是鬼壓床解除了一般，我的身體能夠動彈了。

……一個年過八十的老爺爺，竟然能夠辦到這種事情……！我滿心驚愕。潔諾薇亞和阿撒塞勒老師的評價一點都沒錯。我在他身上感覺到的那股力量，強到一點都不像是老人家！

瓦斯科．史特拉達從懷裡掏出一樣東西。

「我是來將這個交給你們的。」

──是一個信封。

老人將那個信封遞給莉雅絲，而她戰戰兢兢地接了過去。

「這……這是……？」

「──是挑戰書。我們想對你們下戰帖。」

『──！』

他的宣告令我們為之驚愕！那還用說嗎！主謀親自出馬、單刀赴會，對我們下了戰帖！竟然有這麼大膽又豪邁，不知死活又恣意妄為的挑戰方式！由於事情實在過於突然，所有人的表情都僵住了！

莉雅絲不住顫抖，完全展露出憤怒之色！

「開什麼玩笑。你知道現在是什麼狀況嗎？就算是教會的高官——」

在莉雅絲說完之前，老人已經伸出一根食指抵在她的眼前！老人左右搖了搖手指，嘖了幾聲說道：

「魔王的妹妹啊——妳果然還年輕，太年輕了。」

…………！

我無法忍受那個老人的行為，立刻插到兩人之間！站到莉雅絲身前保護她！然後當著老人的面對他說！

「……無論你是何方神聖，我都不會讓你碰她一根寒毛！」

聽我這麼說，老人先是瞬間一愣——隨即便露出滿意的笑容。他巨大的手伸了過來——豪邁地摸了摸我的頭。

「……眼神不錯啊，惡魔之子。」

…………！

我只覺得被他小看了，便揮開他的手！——然而，不知不覺間，老人已經從我眼前消失，移動到距離相當遠的地方了！……我又連他移動的氣息也沒感覺到！他移動的速度真有這麼快嗎？快到讓人完全感覺不到一絲氣息和聲響？

老人對著某個方向說：

「——洌冷齊大人，請宣告。」

此話一出，一個小小的身影出現在現場——

那是個約莫小學高年級的黑髮少年。稚嫩的神情當中帶有凜然的氣息。不過，他和瓦斯科·史特拉達一樣穿著禮袍，而且那個老人尊稱他為「大人」。既然如此，就表示這名少年才這個歲數，就已經就任了相當高的職位。

莉雅絲似乎是想通了，開口問了那名少年：

「你就是戴多祿·洌冷齊？」

「是的，我就是戴多祿·洌冷齊。」

少年點頭承認了！

……竟有此事！武裝政變派的主謀之一，被視為神秘人物的高官……居然是個年僅十一二歲的少年！

知道了少年的真實身分，夥伴們也和我一樣難掩驚訝。

年少的樞機主教儘管因為緊張而渾身顫抖，還是放聲宣告！

「我……我要保護驅魔師的權利以及主張！即使你們是『善良的』惡魔，還是存在著邪惡的惡魔以及吸血鬼等著我們驅除！制裁罪惡的職責遭到他們片面剝奪……我們怎麼能夠接受！即使我們的所作所為違反了上帝和大天使米迦勒大人的旨意……唯有這件事，唯有這件事我們無法接受！」

少年顫抖著，眼神卻相當堅定。

像是呼應著他的宣言似的，四周冒出無數的戰意，包圍著我們。仔細一看，一群神父和穿著像潔諾薇亞以及伊莉娜那種戰士服的女性戰士大舉現身，將我們團團圍住……他們就是跟隨那幾位樞機大人的武裝政變派教會戰士吧。其中還有好幾名白髮神父……大概是弗利德那個戰士養成機構出身的人吧。害我忍不住想起那個傢伙和齊格飛了。

放眼望去，在場的戰士人數恐怕不下數十。真虧他們能夠那麼多人成群結隊來到這個地方……讓我真心覺得只要走出駒王町一步，就會踏進別的世界。

……真是的，每次出個遠門就會被襲擊，誰受得了啊？真想問問我們是不是沒有自由可言了。

我們之中第一個拿出武器的——是潔諾薇亞。剛才的顫抖似乎止住了，她已經從亞空間當中取出杜蘭朵拿在手上。

潔諾薇亞舉劍指著瓦斯科．史特拉達。

「……史特拉達大人。」

老人只是在滿是皺紋的臉上露出笑容。

「戰士潔諾薇亞，妳能夠駕馭杜蘭朵了嗎？」

這句話點燃了戰火，潔諾薇亞拿著杜蘭朵衝了過去！

「原來如此，行動勝於話語。杜蘭朵的持有者就是要這樣！」

老祭司沒有任何要閃躲的動作，準備正面迎接潔諾薇亞的攻擊！王之杜蘭朵的刀身上帶著龐大的神聖氣焰，正面受到那種氣焰的侵襲任何人都不可能相安無事！攻擊命中的——瞬間！潔諾薇亞的攻擊停了下來！她維持著揮劍的姿勢，動也不動。不對，是動彈不得！

——因為瓦斯科．史特拉達只用了一根手指的指尖就擋下杜蘭朵！

……真的假的！居然用一根手指擋下了潔諾薇亞的攻擊！即使是惡魔，除非是相當強大的高手，否則也辦不到這種事情吧？但對方是人類，而且是個高齡八十好幾的老人家！

「——！」

潔諾薇亞咬牙切齒，看來對於這個結果相當不甘心。

「看來妳還不成氣候啊。」

瓦斯科．史特拉達搖了搖頭……杜蘭朵的氣焰逐漸消失！那個老人是原本的持有者，想必熟知該如何操控杜蘭朵吧。但是，只用一根手指頭就能夠做到這種地步嗎！

面對這個狀況，我很想上前為潔諾薇亞助陣，但周圍依然有戰士們環伺，更重要的是我在這個老人身上找不到任何破綻！要是能用大規模攻擊的話倒也不是沒辦法，可是這裡是住宅區，不能再做任何更誇張的事情了！夥伴們似乎也和我一樣，不知道該如何進攻才好！

「潔諾薇亞！大人！請恕我失禮！」

呼應了衝鋒陷陣的友人，伊莉娜也拍動白色的羽翼，高速衝向對手！她的手上拿著聖劍奧特克雷爾！在伊莉娜的攻擊命中老祭司之前，一個人影介入兩人之間！一名身穿禮袍的黑髮中年男子，正面擋下了伊莉娜的攻擊！

看見是誰擋下她的攻擊，伊莉娜顯得非常驚慌！

「——！克里斯托迪老師！」

伊莉娜如此稱呼的那名男子，手上拿著一把散發出神聖波動的劍。她就是用那把劍接下伊莉娜的奧特克雷爾。

克里斯多迪——伊莉娜確實是這麼稱呼他的。這就表示，那個中年男子就是第三名武裝政變主謀——伊瓦德・克里斯托迪！知名的王者之劍前任持有者！

伊瓦德・克里斯托迪以手上的武器將伊莉娜推了回來，如此表示：

「……戰士伊莉娜啊，妳的視野要再放寬一點才行。」

……這名男子一樣毫無破綻。

——但是，有個人持劍衝了出去！

「王者之劍的前任使用者……！」

是木場！他拿著聖魔劍，攻向伊瓦德‧克里斯托迪！

「一決勝負吧！」

木場以堪稱神速的腳程一口氣拉近距離，砍向被教會戰士們奉為老師的人！面對木場的高速斬擊——男子只靠身法便一一躲開！處理起來毫無多餘的動作！木場不時在斬擊當中加入假動作，甚至製造出分身，但伊瓦德‧克里斯托迪像是完全預料到他的動作似的，以劍化解了所有攻勢！男子的運劍手法連我的眼睛也跟不上！

真的假的！不只是跟上木場的那種高速戰鬥，竟然還完全避開他的攻擊？就連經歷過無數次模擬戰的我也無法完全化解木場的攻擊啊！

男子一面閃躲木場的攻擊一面說：

「是聖魔劍啊。你就是傳說中的聖劍計畫倖存者吧？這股波動相當不錯。」

男子奮力揮了一劍！在他的攻擊之下，木場被打趴在路面上！斬擊的餘波打垮了道路，製造出一個隕石坑！

「呃……！」

木場發出呼吸哽住的聲音！

「——不過，你可別把我當成弗利德那種下級中的下級喔。」

伊瓦德・克里斯托迪看了木場一眼，便收劍入鞘。

……如果我猜的沒錯，那把劍……是不是和王者之劍有什麼關係啊？那種高速的運劍手法以及剛才攻擊木場的破壞力，我都有印象。沒錯，那些和王者之劍的各種能力極為相似。

「木場、潔諾薇亞、伊莉娜！」

我和莉雅絲下定決心，準備欺身上前。但就在這個時候，瓦斯科・史特拉達對著我們舉起手，制止了我們。

「吉蒙里家的公主，我們之所以來這一趟並不是發動戰爭，而是提出最後的訴求。請妳務必理解這一點。」

老人如此表示之後——包圍著我們的戰士便無聲無息地離開。

「……既然如此，我們雙方都先就此打住會比較好吧。」

莉雅絲見狀，也禮尚往來，停下腳步。

杜蘭朵的前任持有者——瓦斯科・史特拉達，以及王者之劍的前任持有者——伊瓦德・克里斯托迪，跟著年少的樞機主教一起轉過身。

「——年輕的戰士們啊，期待與你們再次對壘。」

只留下這麼一句話，武裝政變派便從我們身邊離去——

「…………………」

潔諾薇亞默不吭聲。她緊緊握著杜蘭朵，看起來心有不甘。

「……為什麼，我們得和自己人打起來呢？」

伊莉娜意志消沉地癱坐在地上。

「……可惡！」

挑戰王者之劍的持有者，卻輕易就敗陣的木場非常不甘心地握拳捶打路面。

……和聖劍有關的人們，即將在此地再次展開戰鬥。

Life.2　全面展開決戰！

當天晚上——

「Ｄ×Ｄ」成員在兵藤家的貴賓室集合。到場的有以這個地方作為據點的神祕學研究社、學生會、葛利賽達修女以及杜利歐等人。

『……非常抱歉，居然讓你們接連受到歸咎於我們的事件波及……』

通訊用魔法陣投影出米迦勒先生的立體影像。米迦勒先生一開口就先道了歉。大概是因為上次的事件是發生在天界，而這次又是教會的武裝政變吧。

『他們的要求，是和「Ｄ×Ｄ」一戰。尤其是住在駒王町的各位，他們特別想和你們戰鬥。』

米迦勒先生這麼說。

「為什麼要和我們戰鬥……？」

回答了我的問題的是阿撒塞勒老師：

「……這個地方是各勢力締結同盟的起點。對那些傢伙而言，這裡應該是最讓他們百感交集的地方了吧。而你們又和同盟有密不可分的關係。雖然是近乎惱羞成怒，不過對於他們而言，『D×D』確實是讓他們五味雜陳，而又憎恨不已的對象。」

……要是沒有同盟的話，驅魔師們的工作就不會受到限制了是吧。我們參與了可卡比勒的事件，以及在那之後的三大勢力和議，況且又是同盟的象徵「D×D」的成員……原來如此，當作武裝政變的最後一個對手來說，的確是最好的選擇。

葛利賽達修女說：

「……參與這次武裝政變的人……多半都是家人遭到惡魔或吸血鬼殺害，或是人生因此毀於一旦的人。為了復仇，或是為了避免同樣的悲劇再次發生，他們成了教會的戰士──三大勢力同盟之際，抗議得最大聲的就是他們，還有培育他們的教會高層了。」

……我們的同盟以及和議，看在那些珍視的人慘遭惡魔和吸血鬼殺害的人眼中，一定很不是滋味吧。這次的武裝政變就是以這樣一群人為中心而發生……有種難以言喻的感受……

伊莉娜一臉沉痛地說：

「其中也有遭到策反，加入了其他組織的人，但他們多半都是信仰虔誠的信徒……即使相信上帝，他們依然隨時心懷不滿。」

「……最後不滿終於爆發了。而這就是武裝政變的原因……」

聽我這麼說，伊莉娜點頭以對。

老師嘆了口氣說：

「……這次的事件，老實說就是窩裡反。我也想叫身為『D×D』成員的塞拉歐格和絲格維拉過來，但他們兩個還有守住自己崗位的職責。對手是邪惡之樹也就算了，要是因為這次的事情把大王家、大公家的繼任宗主叫過來的話，冥界的高層老人家肯定有意見吧……」

這個嘛……或許是吧。雖然締結了同盟，冥界方面應該只會認為這次的事件是天界陣營內部的問題，要是因此要求冥界派遣大王家和大公家的繼任宗主，那些腦袋僵化的高層肯定不願意。只要把箇中緣由交代清楚，塞拉歐格和絲格維拉應該都願意來幫忙，但正如老師所說，守好自己的崗位也非常重要。因為邪惡之樹也很有可能趁這邊窩裡反的時候偷襲冥界。

米迦勒先生一臉凝重地說：

『……最根本的原因是基於我們管理不周。這裡就靠我們的力量——』

「等一下，你可別出手。」

老師打斷米迦勒先生要說的話。

「米迦勒，你必須以天界的象徵自居。在此做出艱難的決定，或許也是身為領袖的職責——但是，這次的事件說穿了就是吵架。無論有多麼複雜的因素，以強硬手段壓制住都只會留下禍根。既然如此，乾脆趁這次讓雙方確實達成共識比較好。」

『可是，阿撒塞勒，把這件事全都推到「D×D」的各位身上不太好吧……』

「有件事我也很在意。我不認為史特拉德和克里斯托迪那兩個人會沒頭沒腦的就被學生們拱出來推動這次武裝政變。再怎麼說，他們兩個也都一路培育出了這麼多戰士來，我相信他們應該是有什麼想法。帶領他們兩個至今的你，應該多少也察覺到了吧？」

『……他們都是我從小看到大的孩子，我很清楚他們身為信徒有多麼虔誠。他們比任何人都還要純真，比任何人都還要愛護人類。我想，他們的意念還是相當正直，只是這次的做法看起來有點拐彎抹角……』

……他們是這次率領武裝政變派的教會高官。阿撒塞勒老師和米迦勒先生似乎已經約略察覺到他們真正的意圖了。也對，再怎麼說，他們應該也不至於沒頭沒腦地作亂……還有那名少年——光是年紀輕輕就當上高官已經夠令人驚訝了，說他是武裝政變的主謀，更是令人介意……說不定，那個孩子才是掌握著關鍵的人物吧？

這時，像是察覺到我內心的想法，米迦勒先生說：

『……還有，另一位主謀，年少的樞機主教戴多祿·冽冷齊，是「奇蹟之子」當中能力最優秀的一個孩子。也因此，他才會年紀輕輕就被提拔到那麼高的地位。』

……「奇蹟之子」？除了我以外的成員，好像都知道那是什麼。老師對我說：

「……『奇蹟之子』，也就是天使和人類的混血兒。」

——！原來是這麼回事……照理來說，天使和人類的混血兒根本不可能存在。只要天使動了情慾，就會即刻墮天。就算和人類有了親密關係，多半也都會沉溺於歡愉之中，而變成墮天使。神子監視者旗下的墮天使多半原本都是天使，只是因為動了情慾而墮落。但是只要運用特殊的儀禮和專用的結界，天使和人類也能夠交合。交合時，雙方都不能耽溺於肉慾，必須秉持純粹的愛而行事……因為自己絕對會想到色色的事情，我之前還以為這是絕對辦不到的事，沒想到真的存在啊——天使和人類的混血兒。

忽然，米迦勒先生來回看著我和伊莉娜，同時開口問：

『雖然在這種時候問這個好像不太識趣……不過兩位有在使用那個房間嗎？其實我還挺期待的呢……』

——！在、在這種時候問這種事情真的很不識趣耶，這位大天使先生！害我和伊莉娜都滿臉通紅了！你到底在期待什麼啊，天使長大人！

然而，伊莉娜忍受著羞恥，如此對上司報告！

「這、這只是時間早晚的問題！」

這是哪門子報告啊！和我做那檔事，只是時間早晚的問題？那股自信是打從哪來的啊？難、難不成是因為聖誕節之後，伊莉娜一直那樣對我的關係嗎？伊莉娜那個傢伙，自從得到那個門把之後，就開始在我要去的地方設陷阱！比方說，我想在兵藤家樓上的空房間組模型的時候，走進了房間才發現是那個做人房！因為伊莉娜事先預測我的行動，將門把換成那個

「做人房任意門把」了！而且我才剛走進房間，伊莉娜就會這麼說！

「哎呀，是一誠。怎麼啦？碰上什麼困難的話，我可以幫你解決喔！色……色色的煩惱也可以喔！因為，上帝和米迦勒大人應該都看不見這裡的情況……我……我們又是青梅竹馬。接、接吻一下也是理所當然的……做了比接吻更進一步的事情也不為過……因、因為，我們是青梅竹馬嘛……」

她每次都以類似這樣的說詞要我進去，而且身上穿的還是泳裝、三角運動褲等裝扮！這、這是讓我很開心啦……只是做法和偷襲沒有兩樣，我經常被嚇到驚叫出聲，然後反射性地把門關上。甚至就連我要去上廁所的時候，都會碰上廁所的門把也被動了手腳的情況！至少讓我隨心所欲地上廁所好嗎！

最近，就連愛西亞和潔諾薇亞也經常借用那個做人房間，或是一起運用。有時候我不小心打開門，就會發現教會三人組穿著各式各樣的服裝，準備好飲料和零食，把那個房間弄得像是角色扮演酒吧一樣等著我！那時她們還對我說著「歡迎光臨」啊！

因為這樣，我最近在走進房間之前一定會先確認門把……要做色色的事情我是非常歡迎，但教會三人組營造氣氛和引誘我的方式都是毀滅性的糟糕，讓我不知該做何反應！她們的做法對於還是處男的我來說，門檻實在太高了！

『這樣啊，那就好。』

米迦勒先生聽了伊莉娜的報告也滿意地點頭了——！這位天使長和祂的A大概是哪裡少根筋了吧！

不顧困惑的我，老師說：

「事情就是這樣。不好意思，我希望你們能夠接受他們的挑戰。說穿了，就是幫天界和教會收拾善後啦。老是要你們做這種吃力不討好的事情，真是不好意思。」

米迦勒先生也跟著老師再次道了歉，一臉很過意不去的樣子。兩位領袖級的人物都這樣拜託我們了，我們又怎麼能推辭呢。

莉雅絲毫不畏懼地笑著說：

「那個時候——參與了可卡比勒之戰的，原本就是我們。沒有塞拉歐格和絲格維拉的協助也沒有問題。更何況，只要有人向我們挑戰，我們就一定會接受。」

蒼那前會長也站到莉雅絲身邊說：

「我們西迪眷屬也接受挑戰。只要還就讀這個城鎮的學園，我們就不會置之不理，而且我們也和可卡比勒之戰以及三大勢力的會談有關。」

伊莉娜也帶著滿是苦澀的表情舉起手說：

「米迦勒大人，我也可以參戰嗎？以莉雅絲小姐她們的同伴的身分——」

『可以。真是苦了妳了，伊莉娜。都怪我太不中用……』

米迦勒先生似乎真心覺得過意不去，但杜利歐哈哈大笑，搖了搖頭說：

「米迦勒大人不需要那麼煩惱啦。這種事件走到哪裡都會發生。只要有所改變，就會有所犧牲，也肯定會出現因此抱持不滿的人。」

聽他這麼說，葛利賽達修女顯得頗為佩服。

「沒想到你會說出這麼有隊長風範的話……你長大了呢，杜利歐。」

「大姊頭，如果妳可以多給我一點好評就好了啊……」

杜利歐顯得垂頭喪氣。不，我也覺得剛才的意見很有隊長風範喔！

「那麼，除了伊莉娜以外，杜利歐和葛利賽達修女也要參戰嗎？」

聽我這麼問，杜利歐和葛利賽達修女都點頭以對。

「是啊，包括我和杜利歐在內，負責此地事務的天界、教會人員也都會協助各位。也就是說，還是有人肯定同盟的。」

——！

……這句話有如一劑強心針。沒錯，教會裡還是有人肯定同盟的！當然惡魔和墮天使當中也有這樣的人……其他勢力也一樣，必定有肯定和平的人存在！正因為如此，才會組成我們「D×D」小隊啊！

事到如今，我才發現這件理所當然的事情有多麼重要。

「阿撒塞勒，瓦利他們呢？」

莉雅絲針對瓦利如此詢問老師。

「聯絡不上。他應該有自己的打算吧。不過，這次要是有瓦利在的話，事情反而會變得更麻煩。」

「是啊，我也是擔心這個才問你的。要是他來了，很可能會變成真正的廝殺。」

「黑歌和勒菲都在這個地方，想動用她們的話就先說一聲。別讓她們在這裡白吃白喝啊。」

是啊。先不論乖乖地在兵藤家幫忙做家事的勒菲，有事的時候一定得叫完全只是食客的黑歌出動才行！說到那隻壞貓，她動不動就說什麼「不然我用身體來付好了喵♪」，然後就脫個精光抱住我……我是很開心啦！可是這種情況正是她該工作的時候！……我是很想叫她用身體來付啦！

老師為這次的事件做了個總結。

「那麼，我來統整一下。這次要接受武裝政變派的挑戰的，有莉雅絲隊、蒼那隊、『D×D』的『神聖使者（brave saint）』小組，沒錯吧。塞拉歐格和絲格維拉那邊我也會跟他們說清楚。」

真是簡單明瞭。也就是說，由待在駒王町一帶的成員來處理這件事。

「還有，我會派刃狗（slash dog）暗中支援你們。那傢伙肯定能夠做好援助工作。」

——老師這麼說。喔喔，幾瀨要支援我們啊。這樣一來，就算邪惡之樹趁機搗亂，應該也不至於讓我們陷入危機才對。

討論到了一個段落時，葛利賽達修女說：

「粗略說來，史特拉達大人和克里斯托迪大人的實力，請當作有兩個杜利歐就行了。」

…………這還真是個讓人高興不起來的情報！那個老爺爺和那個大叔居然有杜利歐那麼強！因為他們是杜蘭朵和王者之劍的前任持有者，我原本就覺得他們應該相當強，沒想到強成這樣！

杜利歐笑著拍了拍我的背說：

「哎呀——哈哈哈，一誠老大，那個老爺爺和那個大叔真的很強，我們都要小心喔。」

……「D×D」真是有夠辛苦的。不過，要對締結了同盟的對象拳腳相向，還是讓我提不起勁……種族造成的價值觀差異，以及不同種族之間的爭鬥所造成的影響。我現在雖然是惡魔，但不久之前還是人類。從變成不同種族的那一刻起……對他們而言，我就已經成了無法彼此理解的對象了吧……

……我以眼角餘光看著最令我介意的劍士三人組。潔諾薇亞、伊莉娜、木場，三個人都露出極為複雜的表情。

接受了挑戰的我們，決定好要和他們決鬥的日期。

決戰就定在——三天後。

—○●○—

話雖如此，我們吉蒙里眷屬就是可以在短短幾天之內碰上許多事情。

才過了兩天，一位意想不到的訪客就來到我們身邊——是坦尼大叔！我還真的沒想到大叔會來！

化身為小龍狀態的坦尼大叔，出現在兵藤家地下的轉移型魔法陣之中。人才剛到，大叔就對我們說：

「其實我有事情要拜託你們。」

沒錯，大叔這次很難得想依靠我們。聽說事情和某種珍貴的龍族有關。

大叔對我們說明：

「我的領民多半都是為了尋求安穩而從人類世界流浪到冥界的龍族……其中有一支名叫『虹龍（specter dragon）』的稀有種，最近生下蛋了。」

是喔，生了蛋啊。那還真是值得慶賀。

——就在我像這樣聽著大叔說話，並不住點頭的同時，一旁除了我以外的人，全都大為吃驚。大家都一樣訝異不已。

莉雅絲驚慌失措地說：

「——虹龍（specter dragon）？我聽說那種龍的數量已經少到屈指可數了。」

也就是說，那種龍真的非常稀有囉。

坦尼大叔點了點頭說：

「沒錯。正因為如此，這次生下來的蛋更是眾所期待……但是『虹龍（specter dragon）』的孵化相當困難。尤其是冥界的風對『虹龍（specter dragon）』不太好，要是繼續放在那裡，可能會在孵化之前先腐壞。」

那就不妙了……啊，我大概知道大叔為什麼要到這裡來了。

大叔說：

「為了盡可能降低風險，我希望能夠借用位於駒王町地底下的空間。」

喔——原來是這麼回事啊。可是，這裡也經常受到敵人襲擊，不能算是和平的地方。

「這樣好嗎？這裡已經被邪惡之樹盯上了耶。」

聽我這麼問，大叔伸出手指抓了抓下巴說：

「嗯，但我在人類世界也找不到其他適當的地點了。即使放在這裡以外的地方，邪惡之樹也不見得不會對那顆蛋不利。既然如此，不如接受這裡的危險性，放在地底深處的空間，張設好幾層堅固的結界保護到孵化為止。」

莉雅絲問：

「還要多久才會孵化？」

「放在人類世界的話，或許會比預期的還要早吧。因為虹龍(specter dragon)具有在孵化前不久才會將蛋生下來的習性。」

那麼，還是早點把蛋搬到人類世界來比較好吧。否則，蛋裡的龍寶寶說不定會被冥界的空氣害死。

聽大叔這麼說，莉雅絲便點頭給了正面的回應：

「我明白了。我們也會盡可能看顧那顆蛋。」

「不好意思，感謝你們。」

雙方達成共識之後，我們開始等待負責運送那顆蛋的人到來。

等了一會兒，轉移之光亮起，一個抱著散發出七彩光澤的蛋的人影從中現身。

「…………」

默默抱著蛋的，是一名身穿黑色大衣的男子。看見他的模樣，我們大驚失色！

「——！克隆．庫瓦赫！怎麼會是你？」

我指著那個男人，喊出他的名字！嗚哇——！抱著七彩龍蛋冒出來的，竟然是傳說中的邪龍！可能也因為對方是那傢伙，大家同時進入了備戰狀態！

但是，坦尼大叔說了聲「且慢」，介入我們之間。大叔抓了抓臉頰，語出驚人道：

「嗯……這個就說來話長了……總之，克隆．庫瓦赫目前在我那邊當食客。」

『咦咦咦咦咦咦咦咦咦咦咦咦咦咦咦咦咦咦咦咦！』

我們也只能驚訝地大喊了！誰、誰料想得到會這樣啊！那、那隻邪龍，竟然跑到坦尼大叔身邊去了！

邪龍絲毫不在意我們驚訝的眼神，淡定地說：

「……現在，我的食衣住行都由坦尼提供。這不過是在答謝他罷了。」

…………不不不，這個傢伙嘴裡說出來的每件事都太奇怪了！什麼叫作坦尼大叔包他吃包他住，他就搬著虹龍(specter dragon)的蛋轉移到我們家來當作答謝！一切的一切都不像是真的！

坦尼大叔說：

「克隆．庫瓦赫是邪龍，之前是魔神巴羅爾的眷屬。不過，他也是如假包換的龍族。既然是龍族，應該就有彼此了解的餘地才對。」

克隆．庫瓦赫輕輕點了點頭……哎呀，也就是說，他從天界移動到冥界之後，遇見坦尼大叔，結果就一拍即合了？

『比起其他邪龍，他算是好上許多，但還是不能掉以輕心。』

德萊格對坦尼大叔叮囑了最基本的事情。

「嗯，我會銘記在心。不過——」

坦尼大叔看向克隆。而克隆·庫瓦赫本人則是——好死不死，竟然和跑到現場來的，我們家的吉祥物奧菲斯對峙了起來！

啊啊啊啊啊啊啊啊啊啊啊啊啊！這樣也相當不妙啊！最喜歡戰鬥的邪龍大哥，和最天真無邪的龍神小姐產生了互動，這可以說是最可怕的事情了吧！一個弄不好的話，這個家會整個被夷為平地吧————————！

不顧臉色蒼白的我們，克隆·庫瓦赫把龍蛋放在地板上，然後對奧菲斯擺出備戰架勢。

「是奧菲斯啊，和我一決勝負吧。」

龍神大人本人則是一手拿著香蕉對他說：

「吾，答應一誠他們不打架。不行。」

立刻遭到拒絕的克隆·庫瓦赫似乎沒想到會聽見這個答案，他翻了個白眼。

「…………有這種事？這樣啊，那麼該依循怎樣的步驟才能讓妳戰鬥？」

「不知道。」

「……這樣啊。」

經過這番對話之後，克隆·庫瓦赫安靜了下來，並再次抱起龍蛋。奧菲斯則是輕輕摸了摸那顆蛋，似乎覺得那顆蛋很稀奇的樣子。

這……這是什麼讓人不知道該怎麼說的狀況啊……邪龍突然跑出來，接著挑戰奧菲斯，在被拒絕之後，就乖乖聽話了……？

唯獨坦尼大叔咯咯笑了幾聲，似乎覺得眼前的狀況很有趣……

「你們看，或許用不著擔心呢。」

……我都不知道該說什麼了。這隻名叫克隆．庫瓦赫的邪龍真是讓人完全摸不清楚他在想什麼！他的思考邏輯比奧菲斯還要難懂！

——這麼說來，坦尼大叔看見奧菲斯也沒嚇到呢。

「大叔知道奧菲斯……」

我如此確認，大叔便點了點頭說：

「是啊，我聽魔王陛下提過。我不會告訴任何人的。光是知道龍神在你們這裡，就足以讓我放心了。」

那就好。因為我盡量不想讓奧菲斯接觸太多無謂的人事物。她本身就已經夠不安定了，所以我不希望有更多人知道她在這裡。

坦尼大叔接著談起克隆．庫瓦赫。

「……克隆．庫瓦赫的眼神，顯示出他已經在人類世界見識過太多了。我也一直沒遭到封印，在各個世界遊歷到了這個歲數，所以也不是不能體會他的心情。時代的變遷、人類的文化、人類的善惡，以及非人者們隨之產生的變化……長久以來一直看著這些，無論是多麼強大的龍，價值觀也會動搖。」

……這番話真有說服力。拿奧菲斯來當實際的例子，她也是只和我們接觸了一下子，就變成現在這樣了……或許，龍族是一種力量越強，心靈就越純粹的生物。不過，也有像格倫戴爾那樣宛如惡意結晶的龍族就是。

坦尼大叔接著又這麼說：

「無論如何，克隆．庫瓦赫會暫時待在我身邊觀察各種龍族。因為我的領民正好全是各式各樣的龍族嘛。不好意思，兵藤一誠、吉蒙里的諸位。希望你們不要公開談論這件事。我想暫時觀察他一下。」

……坦尼大叔大概是想在邪龍身上找到什麼東西吧。大叔面對壞蛋毫不留情，既然他都這麼說了，就表示在那隻邪龍身上很有可能得到什麼收穫。大叔是我的師傅。事到如今，我也不會懷疑他。

「我明白了，我相信大叔。大叔是我心目中的理想龍王嘛。」

聽我這麼說，大叔害臊地搔了搔臉頰。

莉雅絲也在我之後說：

「我知道了。虹龍(specter dragon)的蛋就交給我們吧。一旦出現孵化的徵兆，我們就會立刻聯絡您。」

聽莉雅絲這麼說，大叔說了聲「感激不盡」，表達謝意。

就這樣，預料之外的接觸也平安結束了。而龍蛋也決定安置在駒王町的地下空間當中，一個最沒有人去的地方。

……不過，知道了即使是邪龍也能夠互相理解，也是一種收穫。那或許是因為坦尼大叔的器量夠大才辦得到……不過就算是這樣，能夠和克隆．庫瓦赫溝通依然是不爭的事實。我相信，我們和那些發起武裝政變的教會戰士們一定也能夠理解彼此。

這件事讓我強烈地有這種體認。

—○●○—

又過了一天——

和教會戰士們的決鬥，就在明天了。這天，潔諾薇亞她們依然借用了舊校舍的教室，確認選舉當天的演講內容。

新一代神祕學研究社的討論也告了一個段落之後，我和愛西亞漫無目的地來到她們借用的教室。

「呃——我之所以決定參選學生會長……」

潔諾薇亞拿著印出來的講稿，一面看一面喃喃背誦。伊莉娜和桐生也在一旁拿著印出來的講稿交換意見。

「我覺得，與其遵照傳統格式，不如大膽地走搞笑路線還比較好也說不定。」

「比起搞笑，走武打動作路線或許會更好。比如說準備稻草捲，讓潔諾薇亞一刀砍斷！這樣肯定很引人注目。」

……桐生和伊莉娜到底在說什麼啊。潔諾薇亞也沒搭理她們，一直盯著講稿。

愛西亞也加入了她們的行列，正式開始討論選舉事宜。當天要演講的重點、公約的重要性、預測演講的順序等等，她們將所有想得到的情況都提出來，擬訂計畫。討論到一個程度之後，她們決定先休息一下。

我來到準備茶水的桐生身邊對她說：

「吶，桐生。」

「幹嘛啦——一副正經八百的樣子，一點都不像你。」

正因為她現在知道了真相，我更想這麼問她。

「……讓惡魔當這間學校的學生會長，是不是其實很奇怪啊？」

由惡魔出任學生會長的學校——就是駒王學園。大部分的學生都在不知情的狀況下過著校園生活。所以我很想知道，後來才知情的桐生是怎麼看待這件事情的。

畢竟，她正在幫忙潔諾薇亞競選學生會長。這也就代表了下一屆學生會長很有可能還是惡魔。

桐生嘆了口氣說道：

「應該說，你可別忘了惡魔的存在本身就是超乎常理的事情喔。真是的，這也太過奇幻了吧。」

這個嘛……話是這麼說沒錯啦。只是要這麼說的話，剩下的事情也不用談了。

桐生摸了摸下巴，思考了一下之後說：

「不過，這個嘛……應該沒問題吧？有個一兩所這種學校也不會怎樣。更何況，我也不覺得花戒同學和小潔諾薇亞會把我們抓去吃掉，也不是要控制這個學園，將大家拉進黑暗的世界之中對吧？既然如此，你們和我們普通學生也沒有什麼不同啊？差異頂多就是生物學上是人類還是惡魔罷了，本質上還是依照人類社會的標準行事。我覺得你們很了不起，也很值得感激啊。更何況，要是有什麼萬一的時候，還有比人類強上一大截的惡魔保護我們，讓我覺得非常不錯就是了。」

——！

……這是怎麼回事。這個傢伙剛才說的話……讓我滿懷感動。

桐生繼續說了下去：

「而小潔諾薇亞和愛西亞以及小伊莉娜都是我的朋友。就算知道了她們的真實身分，這點也沒有任何改變。至少我是這麼覺得啦。你也是啊，在我的心目中你依然是色鬼一個。既然如此，你們就繼續以這裡的學生的身分活下去也不會怎樣吧。」

我想，這個傢伙應該只是把心裡的話說出來而已吧。或許前提是因為這個傢伙具備接納事實的肚量，但她剛才所說的，應該都是如假包換的真心話。

或許就是因為如此。這個傢伙剛才所說的，聽起來像是以善意看待我，以及我們目前所處的狀況……

……不行，我的眼淚快掉下來了。因為，最近像是惡魔的存在理由、戰鬥的理由什麼的，要面對的問題實在太多了。

或許是察覺到我的心情，桐生帶著戲謔的笑，戳了戳我的臉頰。

「你在婆婆媽媽個什麼勁啊，一點都不像你耶？不然，我送你這句話好了。我很肯定你跟愛西亞她們喔。」

「好，謝謝妳。」

「你不要想那麼多啦。人類有好人壞人，惡魔當然也有好惡魔和壞惡魔，不就只是這樣嗎？這種事情走到哪個世界都不會變吧？同樣身為日本人所以我不是很想說，但你看待事情也太悲觀了吧。」

桐生說得一副理所當然的樣子，但是對於現在的我來說，那種理所當然的話語最讓我開心。她說我是日本人，也讓我覺得有點感動。

「不，真的很感謝妳。我有種得到救贖的感覺。」

「你很誇張耶。」

桐生苦笑。而我再次懇切地拜託她。

「潔諾薇亞就麻煩妳了。」

桐生挺起胸膛、豎起拇指說：

「包在我身上！我會盡全力協助她的。」

啊，真沒想到我會在這種地方振作起來。而且原因還是桐生的一番話。

——我原本是人類，現在是惡魔。是住在這個駒王町，就讀駒王學園的學生，最冀望的就是和平。只想過著正常的生活。就只是這樣罷了。

我想在心中懷抱著這個確切的意志，迎接明天的決戰。

當天深夜，我一個人待在兵藤家地下的室內游泳池。

決戰就在明天，此刻我為了進行最後的調整，來到游泳池。我沒有穿上鎧甲，打著赤膊，伸出龍的雙翼，飄浮在游泳池上空。飄浮在半空中的我，身上圍繞著平靜的氣焰。

這是我最近集中精神的步驟之一。鍛鍊肉體固然有其必要，但獨自鍛鍊心靈的功效也不容小覷。因為這種時候可以一個人靜靜地重新審視很多事情。飄浮在半空中打坐的話效果更好。室內也只有最低限度的照明，整個環境很適合集中精神。

……我原本那麼不擅長飛行，現在卻可以在沒穿鎧甲的狀態下飛起來了。話雖如此，我用的並不是惡魔的翅膀，而是龍的雙翼。原則上，我也可以長出惡魔翅膀，但似乎是龍的雙翼和我的匹配度比較高，讓飛行也變得出乎意料地容易。

……我現在不需要穿上鎧甲也能夠伸出龍的雙翼了。這也意味著，我現在的肉體和我之前的身體已經完全不同。不，我原本就對這件事已經有非常充分的了解。只是，每次發現自己原本不知道的肉體變化，就讓我再次體認到這一點。

……我大部分都已經是龍了。在那之後，我再次轉生為惡魔……即使身體不同了，精神卻一直都是我自己，這種感覺很不可思議。阿撒塞勒老師打了一個比方，說這就和駕駛員換開另外一架機器一樣，但我一直無法體會。我能夠認知到的，也只有肉體的變化，就像現在長在我背上的龍之雙翼。

德萊格說：

『那是以偉大之紅的身體建構，又灌注了奧菲斯的力量而成的肉體。因此對你造成了前所未見的變化，其中甚至蘊含著無法預測的進化的可能性。』

也就是說，德萊格也不知道我以後會變成怎樣囉。

『是啊，沒錯。不過，這樣或許很可怕，但同時也很有趣。別想那麼多了，船到橋頭自然直。你一路走來，不也是這樣克服了一次又一次的危機嗎？』

話是這麼說沒錯啦……不，可是，還是和平至上啦。如果大家都能和樂融融地相處，那該有多好……

『人類、惡魔、龍族都一樣，出生的環境不同，價值觀和成長的方式也會有所差異，難免會感覺到和對方水火不容。對於任何種族而言，這都是一種從古至今的歷史共業。無論你再怎麼掛心，都不會有任何改變。』

嗯——話雖如此，我們現在又被人盯上了耶。多多少少還是會想這些啦……即使和議以及同盟接連實現，總是會在某個地方產生齟齬，日積月累的歧異總有一天會爆發……「禍之團（Khaos Brigade）」的舊魔王派也是，英雄派也是，邪惡之樹也是，這次的事件也是。追根究柢，原因都一樣……

「對我而言是和平，卻會讓某些人感到痛苦啊……」

瓦利對我說的這番話，一直都在我心中不斷盤旋。我想，這一定是我永遠都得追尋其答案的命題吧……

我伸起雙手，用力拍打了自己的臉頰……我得振作氣勢才行。決戰就在明天了。

「我接受他們的挑戰。簡單來說就是打架嘛。我——不想否定我一直以來的所作所為，所以他們想打架我就奉陪！」

沒錯，這樣就對了！我戰鬥至今絕對不是一件錯事，我明天想秉持這樣的驕傲，挺起胸膛戰鬥！

『這樣就對了。你還是個孩子，要為自己的的生存方式擔憂還言之過早。你就先活個一百年再說吧。如果想質疑自己的生存方式，到時候再來苦思也還不遲。』

好，你說的對，德萊格。我會先橫衝直撞地活下去。因為我要貫徹自己相信的生存之道！成為後宮王！

更堅定了決心之後，我降落到池畔。這時，有別人跑到游泳池來了。

「嗯？是一誠嗎？」

是身上只有一件T恤的潔諾薇亞。

「是妳啊。怎麼大半夜跑來這裡？」

我這麼問，潔諾薇亞便苦笑著說：

「沒有啦，也不為什麼。只是想游一下罷了。是不是妨礙到你了？」

「不會，我等一下就要上去了。」

潔諾薇亞說了聲「這樣啊」之後，就走向跳台——然後豪邁地脫掉了T恤！她、她底下什麼都沒穿，是全裸！就連內褲都沒有！

整體緊實，但該翹的地方還是很翹的完美身材，浮現在微弱的燈光之中！那胸部的形狀還是一樣讚！

「──等等，妳要裸泳喔！」

我如此吐嘈，但潔諾薇亞沒有理我，自顧自站上跳台，擺出跳水的姿勢！就在臀部的形狀吸引了我的注意的同時，潔諾薇亞已經直接跳進泳池裡了！

她在泳池裡游起自由式。游著游著，潔諾薇亞對我說：

「裸泳感覺很開放，很不錯喔。我偶爾都會像這樣一個人在深夜來這裡游泳！」

潔諾薇亞在寬敞的游泳池裡來回游了三趟之後，停在牆邊探出頭來。

「……一誠。」

「嗯？」

忽然，她一臉正經地問我：

「……我有辦法超越前人嗎？超越蒼那前會長，超越史特拉達大人。」

潔諾薇亞必須超越的對手啊。兩個人都是強敵呢。

潔諾薇亞繼續說：

「我認為……既然要做，就得超越前人才行。身為戰士固然如此，身為駒王學園的學生也是。」

儘管嘴裡說得有點不安，眼神卻非常強而有力。這證明了她具備著求勝的堅強意志。

「對了，我好像還沒問過妳。為什麼會想當學生會長啊？」

都已經這種時候了，我還是問了這個問題。因為這個傢伙都不太主動提自己在想什麼。她是那種不知不覺間，不和任何人商量就自己決定事情，並且直接執行的人。

潔諾薇亞沉默了半晌之後開了口：

「……這裡是我有生以來第一次就讀的學校。開始在這裡上學之後，我就不曾感覺到無聊。上課、下課和同學聊天、社團活動、學校的活動、教學旅行，一切的一切都是那麼新鮮而有意義，讓我非常開心。吶，一誠。我覺得，自己真的很喜歡那所學校。甚至害我覺得世界上有這麼好玩的地方真的沒問題嗎。所以……我想報恩。不，我想在那間學校留下一些痕跡。於是我自然就會想到，當上學生會長，為了學校盡心盡力這個方式。」

……這樣啊，她這麼喜歡駒王學園啊。也對，這個傢伙在學校總是充滿活力。無論做何事情都全力以赴、樂在其中。上課也是、學校的活動也是、下課和同學閒聊也是。潔諾薇亞總是毫不保留地享受著一切。

說到這裡，潔諾薇亞似乎察覺到了什麼。

「……啊，對喔。我只要把這些告訴大家就好了嘛。根本就不需要拐彎抹角。演講也是，戰鬥也是——」

潔諾薇亞仰望著天花板。看來像是把想法整理出一個結論了。

忽然，潔諾薇亞伸出手對我說：

「一誠，拉我一把。」

我嘆了口氣隨口應了聲「好啦好啦」，便伸出手——就在這個時候！潔諾薇亞抓住我的手用力一拉！

「嗚、喂！妳幹嘛突然——」

輸給她的拉力，我掉進了游泳池裡面！正當我把頭探出水面，準備對潔諾薇亞抗議的時候，我的嘴突然被堵住了。

——因為潔諾薇亞抱住我，吻了上來。

忽然遭到突襲的我，根本無法抵抗——挪開嘴唇的同時，潔諾薇亞忍不住笑了出來。

「……呵呵呵，這是我們的第二個吻呢。一誠，我可是很認真的喔。想當會長也是，身為戰士也是，還有戀愛也是。」

潔諾薇亞在水中抱著我。或許因為是全裸吧，她的肉體感受直接傳達到我身上……胸部的觸感真是美好了！等等，大半夜的我在游泳池裡做什麼？不，這樣是讓我覺得很幸福，但這一幕可沒辦法讓其他人看見啊！感覺就像是我們兩個在私通似的！

潔諾薇亞含情脈脈地看著我說：

「我之所以選擇了這種生存方式，都是莉雅絲前社長以及愛西亞、伊莉娜為首的朋友和同伴們的功勞。但是，我能夠找到這麼多想做的事情，是因為一誠在我身邊。和你在一起的時候，我最能夠實際體會到現在的生活比什麼都還要開心，也能夠找到一個又一個的目標。能夠給我這種感覺的男人，你是第一個，應該也是最後一個——當上『國王(king)』吧，一誠。到時候我也會跟著你走。」

——這個傢伙……竟然毫不矯飾地說了這麼讓我高興的話。

「好，我總有一天會當上『國王(king)』。妳想跟我來的話，就這麼做吧。但是，我不像莉雅絲那麼有才幹，應該會讓妳吃不少苦頭喔。」

「正如我願。從頭開始苦心經營，聽起來就很有趣。」

潔諾薇亞這個傢伙，竟然說了這麼中聽的話！既然妳都說成這樣了，在我獨立的時候就跟愛西亞和妳還有蕾維兒四個人從零開始打天下也不錯。

潔諾薇亞以雙手夾住我的臉，感覺就像在模仿她最仰慕的葛莉賽達修女對她做的動作。

「……對喔。一誠也找到了自己的應對方式，超越了霸龍(juggernaut drive)。我也要找到我的方式……」

意有所指地如此喃喃自語之後，潔諾薇亞似乎想通了什麼，她愉快地揚起嘴角，再次開始游泳。

「總覺得氣勢整個一湧而現呢。我再游一下，一誠先上去吧。」

喂喂喂，哪有人硬是把我拖進水裡強吻之後卻這樣的——

算了，看她挺開心的，就這樣吧。感覺潔諾薇亞心裡已經毫無芥蒂，完全變回了最真實的她。

不過，潔諾薇亞。妳剛才說的那些話，真的讓我很高興。居然說和我一起生活很開心。

吶，瓦利。也是有人說我的和平很開心喔。

我離開了游池邊，並對潔諾薇亞大喊：

「喂，明天就是決戰了！要適可而止啊！」

潔諾薇亞在水裡對我揮了揮手。

「你們兩個人竟然這樣私通，太狡猾了！」

這時，突然有人這麼說，並且從背後摟住了我——是伊莉娜！背上還有個棉花糖般的柔軟觸感震撼著我！是胸部！而且這種感覺……是直接接觸！伊莉娜維持摟住我的姿勢繞到前面來——她放下了頭髮，身上只穿了一條內褲！

伊莉娜鼓起臉頰說：

「……你和潔諾薇亞剛才在幹嘛？我可都看見了喔。」

「咦！呃——這、這樣啊……」

「你要帶潔諾薇亞走？」

看來她真的聽見剛才的對話了。我抓了抓臉頰……

「是、是啊，既然都約好了。」

「那麼，我將來也要經常去一誠那邊。」

「伊莉娜是天使耶！而、而且，等到幾百年以後，伊莉娜說不定已經爬到相當高的地位了，我們大概也很難碰面吧……」

伊莉娜是米迦勒先生的A(ace)嘛。她將來應該會爬到高層去才是。

但是，伊莉娜踮著腳尖，把臉湊了過來。她含情脈脈地對我傾訴：

「所謂的青梅竹馬，在某方面來說，比女朋友和眷屬還～～要重要喔……」

「妳、妳說比女朋友……比莉雅絲還要重要？」

「在一誠心目中或許不見得，但是在我心目中，青梅竹馬比女朋友還重要。所以，我會和莉雅絲小姐做一樣的事情，還會對一誠做更進一步的事情。」

她緊緊抱著我，說出這種誘人台詞！而且說的時候羽翼還不停閃爍！她抱持著墮天的決心發動了這次攻勢嗎？伊莉娜軟嫩的胸部擠壓在我的胸膛上，呈現出讓我心癢難耐的狀態！

這種軟嫩地吸附在我的皮膚上，宛如天使一般的觸感——這種肉體感受讓我快把持不住了。

伊莉娜把臉埋在我的胸口說：

「吶……我們就這樣進那個房間好不好？我想在決戰之前提振一誠的士氣……」

……我緊張地吞了一口口水……可惡的伊莉娜！聖誕節之後，她就變得超會說這種色色的台詞啊啊啊啊啊啊啊！我想去！我好想去那個房間啊！真想直接把她外帶回家！

然而事與願違，在我這麼想的時候，就看見潔諾薇亞猛然從游泳池裡跳了出來！潔諾薇亞一回到池畔，便大步走到我身邊來。

「我也想幫一誠提振士氣！伊莉娜！把那個房間借給我！一誠是我先預約的！」

預約什麼啦！是那個嗎？做、做人宣言那件事嗎？

伊莉娜聽了再次鼓起臉頰！

「不——可——以！那是米迦勒大人送給我的地方！是我和達令的愛巢！如果是我和潔諾薇亞還有愛西亞一起為了服侍一誠而使用也就算了，要是讓潔諾薇亞單獨使用那個房間，搞不好會關在裡面一個星期都不出來！」

「那當然囉！少說也會借用一誠十天！我會在裡面尋覓各種可能性！」

「我說不可以就是不可以！」

伊莉娜緊緊抱住我的手臂，不打算放手！潔諾薇亞也為了和她對抗，抓住我另外一隻手臂抱進懷裡！啊啊，我的雙臂都感受到女體的極致柔軟！軟溜還又彈又嫩的兩對胸部夾住我的雙臂，讓我倍感幸福！她們兩個的胸部都很大，手臂上感覺到的份量讓我心懷感激！

「一誠是我這個青梅竹馬的！達令是我的達令！」

「不對——先預約的是我，他是我的！我才可以叫他達令，是我的達令！」

抱住我的兩個人之間迸射出火花！這、這下我也不知道該如何是好了，但這時又有一個人從背後抱住我。

「……一誠先僧，該稅覺了喔～～」

……是睡昏頭的愛西亞。喂喂，妳就這樣半睡半醒地跑到這裡來嗎……？再怎麼說，我也不能在這樣的愛西亞面前，決定該選潔諾薇亞還是伊莉娜吧。

我先安撫了潔諾薇亞和伊莉娜，然後以公主抱的方式抱起半睡半醒的愛西亞。

「還是先睡覺吧？再怎麼樣也不能把愛西亞丟在游泳池這裡吧。」

我這麼說，睡眼惺忪的愛西亞也開了口：

「……對啊，該稅覺了……一誠先僧，抱抱～～」

還這樣對我撒嬌。

「好好好，我們回去吧。」

「……抱抱喔～～我們要一直在一起喔～～」

啊啊，我可愛的愛西亞妹妹。睡昏頭的愛西亞真的有夠可愛。我可以為新社長鞠躬盡瘁、死而無憾！從美麗的莉雅絲社長交棒給可愛的愛西亞社長真是太棒了！

潔諾薇亞和伊莉娜看見半睡半醒的愛西亞之後也面面相覷——然後忍不住笑了出來。

「說的也是。既然愛西亞社長都開口了，也只能照辦了。」

「嗯！愛西亞社長的命令可是絕對的喔。」

她們也同意了。能夠馬上和好是她們最棒的一點——但是，她們又立刻黏到我身邊。

「那麼，今天晚上我們就睡一誠的房間吧。爬上床的時候還得小心別吵醒莉雅絲前社長才行。」

「好啊！和一誠還有愛西亞睡同一張床！」

真的假的！我今天晚上要和莉雅絲、愛西亞、潔諾薇亞、伊莉娜睡同一張床嗎！也、也罷，就算我抗議，她們八成也不會聽吧……

「總而言之，我們明天一定要贏。我們一定辦得到。」

聽我這麼說，潔諾薇亞和伊莉娜都露出可靠的笑容。

好了，雖然在游泳池發生了很多事情，不過我也振作起氣勢來了。

——這樣應該可以好好迎接明天的決戰吧！

……我原本還這麼以為，但天亮睜開眼睛的時候，卻發現自己躺在床底下。不只潔諾薇亞，就連伊莉娜也在翻身的時候把我給一腳踢飛了——

Life.3 carnival 拳與劍

終於來到和教會武裝政變派決戰的這天。

神祕學研究社成員、西迪眷屬、葛莉賽達修女、杜利歐都聚集到集合地點，也就是兵藤家的地下。地點是有轉移型魔法陣的房間。

阿撒塞勒老師和天界工作人員、幾瀨鳶雄負責後方支援。

阿撒塞勒老師上前一步，再次為我們說明概要：

「聽好了，這次戰鬥是和教會的武裝政變派打架。地點在這個轉移魔法陣的另外一頭，是個臨時設置的排名遊戲用的戰鬥領域。對方也已經答應了這件事，你們在那裡可以打得比在這邊還誇張也不成問題。」

遊戲用的領域啊。這樣一來就比在鎮上開打要安全多了。

蒼那前會長說：

「戰鬥將在深夜零時整開始。對方也將使用我們準備好的轉移型魔法陣前往該領域。」

匙也接著說：

「不過，他們竟然會答應這樣的方式啊。無論是在我們設置的領域戰鬥，還是以我們的轉移型魔法陣移動。要是轉移的目的地其實是監牢或是結界，又或者戰鬥領域本身就是個陷阱之類的，他們沒想過這些嗎？」

匙說的也有道理。這樣的條件顯然對我們比較有利，乍看之下確實會讓人覺得他們竟然全部接受了。

阿撒塞勒老師苦笑著說：

「不然我反過來問你們，你們如果想得到辦法可以設計他們的話，真的會這麼做嗎？不，原則上我有想過，但沒有實際執行。總之就是這麼回事。對方想必也認為我們不會準備那些花招吧。畢竟，要是事情沒在這裡徹底解決的話，只會留下更深的禍根。打架就是該直來直往才對。武裝政變派已經沒有退路了，兩大陣營也都非常清楚這一點。」

所以他們是信任我們才採取行動的意思啊。我們是他們發洩不滿的對象、心中不滿的元凶……但是，以戰士而言、以戰鬥的對手而言，他們卻認為我們可以信賴啊？或許，一方面也是因為史特拉達、克里斯托迪他們兩位信任我們，所以跟隨他們兩位的戰士們也相信他們的判斷吧。

老師接著說：

「……一直讓你們負責這種苦差事，真的很不好意思。但是，我不覺得史特拉達、克里斯托迪他們兩個會沒來由地帶著那些心懷不滿的戰士們到這裡來。戰士們想對我們發洩心中的憤恨或許是真心話，但官拜樞機的那三位恐怕另有意圖……梵蒂岡本部給了我們不少情資。從中可以看出，那些傢伙……真的是三個大傻瓜。」

老師苦笑。笑中隱約帶著些傻眼，同時眼神當中又反映出悲哀之色……我想，老師應該已經知道，那個老人和那個大叔這次挑戰我們的真正意圖了吧。

聽老師那麼說，大家一臉順從地點頭。看來，大家都已經下定決心了。

蒼那前會長以眼神示意要真羅學姊進入下一個階段。真羅學姊以魔力在半空中變出一面大鏡子，開始說明。鏡子映照出這次的戰鬥領域的整體構造。

「領域的原型是駒王町。以駒王學園為中心，這次用作戰場的領域重現了半徑十公里內的周邊地區。這次還請了羅絲薇瑟老師協助建構領域的工作。」

羅絲薇瑟也參與了戰鬥領域的建構？正當我感到奇怪時，羅絲薇瑟對大家說：

「我在這次的戰鬥領域當中應用了還在研究中的那個對付666（trihexa）用的封印術……希望可以得到好結果……」

原來如此，用了她正在研究的那個應對666（trihexa）的封印術啊。羅絲薇瑟以獨特的理論建構著專門對付666（trihexa）的封印術，就連年底年初的假期都沒有休息，不停思索著。阿撒塞勒老師和其他研究員們好像也在協助她……而這次他們還用了戰鬥領域來做測試是吧。

……未知的對手、任何人都不曾見過的野獸……為了對付那種傢伙，羅絲薇瑟日以繼夜地建構著封印術式，著實令人佩服。這也是因為她是出類拔萃的魔法才女才辦得到吧。

真羅學姊繼續報告：

「對方表示會將中隊規模的部隊分成兩個。主要是分別由伊瓦德．克里斯托迪以及瓦斯科．史特拉達為隊長的兩個部隊。」

真是簡單明瞭。戰鬥領域仿造駒王町！然後對方會以王者之劍的前任持有者和杜蘭朵的前任持有者為中心，分別組成兩支部隊

真羅學姊說完，蒼那前會長接著說：

「因此，我們也將配合對方，分成兩支隊伍。關於人員編制，伊瓦德．克里斯托迪那邊將以『鬼牌』杜利歐．傑蘇阿爾多先生為中心，加上葛莉賽達修女、紫藤伊莉娜同學，以及參戰的『神聖使者(brave saint)』成員；除了匙以外的我們西迪眷屬也將負責後方支援。」

由天使加上西迪眷屬對付王者之劍的克里斯托迪啊。

「如此一來，就是由吉蒙里眷屬和匙同學對付瓦斯科．史特拉達的部隊囉。」

莉雅絲如此表示。

我們的對手……是杜蘭朵的前任持有者，史特拉達老爺爺啊。潔諾薇亞……戰意開始在她的眼中翻騰。

「由黑歌、勒菲、刃狗(slash dog)負責你們的後方支援。」

——老師如此補充報告。這樣啊，後方支援的人員也相當豪華呢……儘管如此，邪惡之樹還很有可能抓住些許的疏漏闖進來搗亂，真教人害怕。

這時有個人往前站出一步——是木場。

「蒼那前會長，我也加入鬼牌那邊可以嗎？」

——！……聽了他的要求，大家都相當驚訝。不過，所有人都立刻想通是怎麼回事。

……想必是王者之劍再次燃起了木場的心火。

蒼那前會長閉上眼睛問：

「……因為王者之劍，對吧？」

木場輕輕點了點頭。

「聽說克里斯托迪先生是王者之劍的前任持有者？」

蒼那前會長如此詢問葛莉賽達修女。

「是的，儘管已經從第一線退下，不過他是少數的天生王者之劍適任者。聽說，他年輕的時候曾經同時使用三把王者之劍，並運用自如。」

……同時使用三把啊。弗利德那個傢伙也做過類似的事情，不過克里斯托迪八成是耍起來像吃飯喝水一樣輕鬆吧。木場比起可卡比勒來襲事件的時候已經強上好幾個層次，但那個大叔依然輕鬆擺平了他。

葛莉賽達修女接著又說：

「在研製王之杜蘭朵的過程當中，我們打造了王者之劍的複製品，而克里斯托迪大人也是唯一榮獲教宗陛下頒贈王者之劍複製品的一位。」

「王者之劍的複製品？」

聽我這麼問，莉雅絲摸著下巴說：

「我也聽說因為湊齊了七把，便在經過分析之後打造了重現所有能力的複製品。我記得，複製品的力量好像不到正牌王者之劍的五分之一……」

那麼，那個大叔手上的那把劍就是王者之劍的複製品！看來我當時隱約察覺到的那個感覺也是八九不離十啊。

「史特拉達大人也一樣，他手上應該有教宗陛下頒贈的杜蘭朵複製品才對。」

——葛莉賽達修女又這麼說。

那個老人家也有複製的聖劍喔！……這下子戰況可能會比想像中的還要激烈啊……

木場聽了更是強烈表示：

「……請讓我戰鬥。我想再次超越王者之劍、超越使用王者之劍的人。這不是復仇，而是挑戰！」

教會的高官原本是著名的王者之劍使用者，這或許讓那個傢伙心中那把火再次燒起來了吧。在木場眼中燃燒的不是憎恨的火焰，而是複雜的心境……那究竟是對自己的憤怒，還是對對方的憤怒，又或者是——

正當莉雅絲苦思著該怎麼回答的時候，有個人從旁插話：

「——就讓他去打吧？」

一面表示肯定一面現身的，是亞瑟．潘德拉岡。沒想到這個男人會出現在這裡……不，這次的對手和聖劍有直接的關係，而且瓦利也建議這個傢伙參加這次的戰鬥。這麼一想，我就覺得他出現在這裡也不足為奇了。

成為眾人矚目焦點的俊美眼鏡青年堆出笑容，對木場說：

「劍士的心結，只有劍士才能解。對吧，木場祐斗？」

木場什麼都沒說。只是，在注視著彼此的兩人之間，似乎有著某種將自己託付給劍的人才懂的情愫正在交流。

亞瑟將手放在自己的胸前說：

「不知道能不能勝任，不過就由我代替他參加對抗瓦斯科．史特拉達的戰鬥吧。長久以來，我就一直對號稱最強的杜蘭朵劍士的那位老人家的力量相當感興趣。」

亞瑟要來吉蒙里這邊參戰啊。這又是一件出乎意料，或者該說完全沒有想到的事情。

聽他這麼說，莉雅絲重重嘆了口氣——然後對她的摯友說：

「………蒼那，就讓他加入妳那邊吧。」

「妳確定嗎，莉雅絲？」

被蒼那這麼問的莉雅絲直截了當地對木場說：

「祐斗，這次你一定要徹底為你的心情作個了結。」

木場當場屈膝，對主人說出發自內心的感謝：

「是的，感激不盡。」

他的表情除了感謝以外——還有一個充滿戰意的劍士的決心……無論是任何人，乍看之下都只覺得那是堅毅不屈的神情吧。不過呢，我的摯友。我可是看得出來。

經過這段插曲之後，我們彼此確認了一下作戰計畫，剩下的時間就當作在轉移到戰鬥領域之前最後的休息時間。

正當大家各自以最能放鬆的方式休息的時候，我走向靠著牆壁的木場。

「木場，我有件事要問你。」

「什麼事？」

「你的老毛病該不會又犯了吧？」

我毫不掩飾地正面這麼問。他頓了一拍之後，露出做作的微笑說：

「……放心吧，我是莉雅絲・吉蒙里的騎士(knight)，也是神祕學研究社的劍，對此，我很有自覺。」

他的這番話或許是發自真心，卻又隱約有種空洞的感覺，讓我有點焦燥。

「沒錯，確實如此。你是劍——但是，你有能夠歸去的劍鞘嗎？」

「——！」

木場不回答我的問題。於是……我說出了所有的內心話：

「……至少記好這件事。你別以為我可以代替你。莉雅絲・吉蒙里的『騎士(knight)』，是你和潔諾薇亞。我不可能代替你。所以……你可別死啊，大笨蛋。」

聽我這麼說，木場先是一愣，然後輕輕笑了一下。感覺像是再次體認到我表達的事情，而展露的那種自嘲的笑。

「對喔，任何人……都不能代替我。再次聽到你正面對我這麼說，這種受人叮囑的感覺其實挺不錯的。」

我覺得這個傢伙身上的緊張感緩和了許多。光是能夠確認到這一點，就讓我認為自己找他說話是對的。

……好了，木場搞定之後就剩下……我的視線捕捉到愛西亞。她坐在放在這個房間裡的椅子上，對天祈禱。

我走到她身邊這麼問：

「愛西亞，妳沒問題吧？」

愛西亞睜開眼睛，輕聲回答：

「……一誠先生是指要和教會的人戰鬥這件事對吧？」

沒錯，等一下愛西亞將要和原本同在教會的人們正面衝突。她的心境想必相當複雜吧。

「是啊，妳受不了的話，不用參戰也可以……不過就算我這麼說，妳還是會跟過來吧。」

沒錯，我很清楚愛西亞會怎麼回答。是的，這個孩子一定會——

「是的，既然一誠先生和莉雅絲姊姊，還有潔諾薇亞同學、伊莉娜同學以及大家都要戰鬥的話，我也要去。」

帶著笑容這麼說。

不過，愛西亞現在少了最強的主坦。

「既然法夫納還沒醒來，妳可要叫邪龍四兄弟好好保護妳喔！當然，我和大家也會死守愛西亞！可是，在不得不這麼做的時候，妳還是得叫牠們當妳的擋箭牌。」

既然法夫納不在，就更需要愛西亞能夠使喚的那四隻邪龍貢獻心力了。

「好的！邪龍們都非常貼心，所以我也可以放心專注在幫大家恢復的工作上！」

愛西亞用力點頭……不過，他們會刻意瞄準負責恢復的人打嗎？他們發起的武裝政變當中，目前為止只有造成人員受傷，無人死亡……這樣的他們明知道愛西亞只是負責恢復的人員的話，應該不會刻意殺害她才對……不過，他們很有可能設法封鎖她的能力。事實上，我確實見過那種神器(sacred gear)，教會的戰士當中有具備那種特性的持有者也不足為奇。啊——這樣的話我們也得小心類似的能力才行。畢竟重視火力的吉蒙里隊對於騙招一點抵抗力也沒有。

正當我雙手抱胸、不住思索的時候，黑歌和勒菲走到我身邊來。

「放心啦，要是中了什麼奇怪的術法、能力遭到封鎖的話，我會偷偷從後方幫你們解咒的喵。」

黑歌竟然這麼說！這位貓又大姊姊也和小貓大小姐一樣，很會看穿我的心思啊！

「家兄就拜託您多多關照了。」

勒菲也這麼拜託我。而她哥哥本人則是一個人靜靜站在一旁看著書……好像一點也不知道自己的妹妹在擔心他。

「我想他大概不需要我關照就是了，不過我會的。」

答應了勒菲的要求時——我注意到潔諾薇亞和伊莉娜的身影。

她們兩人都拿出聖劍，輕輕將彼此的劍刃互抵。

「……雖然不太想和同胞交戰，但我們彼此都身為持有聖劍的劍士，即使無法超越先驅，也得讓他們知道我們的厲害才行。對吧，潔諾薇亞。」

「是啊，杜蘭朵的羅蘭、奧特克雷爾的奧利維耶，我們必須成為不愧於他們兩位的劍士才行。」

她們也充滿幹勁呢。她們兩個都有身為獲得傳說中的聖劍遴選者的自尊。

而葛莉賽達修女走向了潔諾薇亞，然後突然雙手抓住她的臉！我原本以為修女是在決戰之前要對潔諾薇亞嘮叨，潔諾薇亞應該也是這樣認為吧；然而——

「潔諾薇亞，妳的對手是那位史特拉達大人。妳對這一點有十二分的了解對吧？」

「是、是啊，那當然。我、我會帶著敬意對抗大人，絕、絕對不會做出失禮的舉動。」

待過同一個設施，葛莉賽達修女就像潔諾薇亞的姊姊一樣，也是潔諾薇亞還在教會的時候唯一不敢忤逆的人。突然被她這麼問，潔諾薇亞顯得相當困惑。對於教會人士而言，這次的對手非同小可，潔諾薇亞或許是因此覺得自己是因為態度不佳而被指責，於是先道了歉

——但是，葛莉賽達修女將潔諾薇亞擁入懷中說：

「……我只有一件事要告訴妳。聽好了，潔諾薇亞——所謂的女子力，並不是女生的腕力，而是指各種家庭技能。」

聽修女這麼說，潔諾薇亞顯得狼狽不堪。

「——！這、這點小事我還知道！女子力並不是秀出經過鍛鍊的大塊上臂肌就可以輕鬆

釣到男人，我已經不會這樣誤會了！年底知道真正的意義之後，我也正在打算提升真正的女子力！」

「……嗯，決戰前講這些幹嘛啊！不，是很有她的風格沒錯啦！

「這點小事我去年就知道了！妳知道得也太慢了吧，潔諾薇亞！」

伊莉娜驕傲地這麼說！妳也已經夠慢了好嗎！

聽著她們這麼說，葛莉賽達修女帶著微笑說：

「……不過呢，潔諾薇亞。看妳變得越來越有女生的模樣，我也很高興。為了上帝、為了信仰而一直揮舞杜蘭朵的妳，現在開始注意到戰鬥以外的事物了……因為妳的身世，就某方面而言走上那樣的道路或許是無可奈何的事情……儘管如此，對我而言，現在的潔諾薇亞是這麼的耀眼。」

葛莉賽達修女緊緊抱住潔諾薇亞，對她說：

「對我而言，妳是煩惱的根源、是需要照顧的同鄉……也是可愛的妹妹。妳一定可以當上學生會長，也能夠超越史特拉達大人。」

被抱住的潔諾薇亞顯得有點害臊，卻還是這麼回答：

「……我會努力成為妳最自豪的妹妹。」

眼前的光景讓我心裡一暖。即使雙方的立場已經不同，但彼此為對方著想的心意還是一點變化也沒有。

「一誠先生。」

蕾維兒叫了我。這次她也是負責留守。應該說，她參加萊薩的遊戲的日子也快到了，所以我不希望她太過勉強。

我咧嘴大笑。

「好，我知道啦。分出勝負之後我就會立刻回來。」

「那當然了。因為一誠先生的事務非常繁忙。」

真是的，我的經紀人還真嚴苛啊！

——這時，坐在椅子上的蒼那前會長站了起來。

「時間到了——我們前往戰鬥領域吧。」

大家集合到轉移型魔法陣的中心。

就這樣，我們和教會武裝政變派準備開始幹架了！

—○●○—

透過轉移型魔法陣移動到戰鬥領域之後，過了幾分鐘——

我——木場祐斗為了參加對抗伊瓦德．克里斯托迪之戰，列隊於「神聖使者（brave saint）」與西迪眷屬的行伍之中。

這邊的戰場——是那個廢墟化的教堂附近。沒錯，就是墮天使雷娜蕾當作根據地的地方。伊莉娜同學的父親過去也待過這裡，算是和我們頗有淵源的地方。

「神聖使者（brave saint）」的成員以杜利歐．傑蘇阿爾多先生、葛莉賽達修女、伊莉娜同學為中心，約有十位。據說是從四大熾天使旗下的「神聖使者（brave saint）」當中各挑三位組成的隊伍。剩下的「神聖使者（brave saint）」則是負責保護天界。畢竟去年年底剛發生過那樣的襲擊事件，分派人手到那邊去也是理所當然。

戰鬥即將開始，正當我在待命時，鬼牌杜利歐．傑蘇阿爾多先生過來找我。他在我身邊坐下之後說：

「哎呀——真沒想到我會和木場老弟一起作戰呢。」

「不，該感到榮幸的是我。」

我和他打過幾場模擬戰……而我完全找不到他的破綻，不愧是「王牌」的體現者。

杜利歐先生抓了抓後腦勺說：

「聽說木場老弟的經歷滿複雜的，我本來還以為你可能不會想和我並肩作戰呢。」

「我自認很清楚自己該恨的對象是誰。你是我們的隊長，目前我沒有任何道理憎恨你。」

……和他接觸過幾次之後，我知道這個名叫杜利歐・傑蘇阿爾多的男人，比我認為的還要「輕佻」，是個言行與年紀相仿的青年。也就是說，他是個為人善良，適合帶著笑容的男人。

「這樣啊。我聽說過木場老弟的過去，所以今天看你一副殺氣騰騰的樣子，害我有點擔心……我是覺得這樣不太好啦，不管有什麼疙瘩，現在都不是起內鬨的時候。這種時候忍耐才是最好的方法——」

說著，杜利歐先生從懷裡掏出一樣東西。

——是摺好的紙鶴。

「不久之後，在駒王町周邊的教會設施的地下，將施行和神器(sacred gear)有關的解咒術式。」

締結同盟之後，駒王町周邊開始開設居留設施，供來自天界——來自教會的派遣人員使用。聽說，其中一個設施和神器(sacred gear)有關。

杜利歐先生一面把玩紙鶴一面說著：

「有個行動不便的孩子，長久以來都只能過著坐在輪椅上的生活。他似乎持有和腳有關的神器(sacred gear)，只是抵抗力不佳，導致能力作用在不好的方面上。讓腳程變快的神器(sacred gear)，卻成了絆住持有者的枷鎖。神器(sacred gear)方便是方便，卻也很可怕呢。」

如此苦笑的他——眼中充滿了悲哀。

「多虧神子監視者的技術開始滲透進天界，針對那個孩子的神器(sacred gear)的控制術式已經完成了數次階段性的測試。理論還不算完美，但儘管如此，那個孩子還是決定接受解咒。」

「解咒之後會怎樣？」

「受到阻礙的部分得到緩解，就可以過著正常人的生活了吧……不過也只是或許而已。既然是前總督的技術，應該會成功才對。至少我是這麼相信的。」

笑容滿面的杜利歐先生這麼說。這也證明了，他是真心相信阿撒塞勒老師的技術吧……雖然原本是敵人，老師對於同盟的誠摯訴求儘管遭到部分人士質疑，仍然一點一點獲得大家的信賴。

杜利歐先生站了起來，以射紙飛機的手勢拿著紙鶴，同時說：

「遊樂園——他說，可以走路之後，他想去遊樂園玩。他想用自己的腳走遍每一個角落，玩遍每一個遊樂設施。想玩遍所有遊樂設施大概是沒辦法啦，可是……這才叫做正常。即使擁有神器(sacred gear)，他還是一個正常的小孩子。所以，會想去遊樂園玩也很正常。」

他把紙鶴往前一射。接著，紙鶴便順著前方捲起的一陣風往高空飛去。紙鶴在空中繞了一圈之後，風也停了，紙鶴又回到杜利歐先生手上。

「我只是覺得，能夠守護那些孩子們純樸的夢想的話，就再好不過了。」

他轉頭看向我，然後這麼說：

「走吧，打架的時間到了。要和凶悍的老師重逢囉。首先還是試著溝通一下好了。」

像是呼應他的話語似的，一群戰士出現在我們眼前——

眼前是一整排的教會戰士。多半都是穿著普通神父服的戰士，不過也可以看見穿著和潔諾薇亞以及伊莉娜同款的戰鬥服的女戰士。

其中也有幾個和弗利德一樣一頭白髮的年輕神父。當然，他們並未散發出弗利德那種凶暴的氣息，但強烈的敵意依然刺痛著我的皮膚。

……這樣看來，我們要對付的戰士人數將近一百名。吉蒙里眷屬那邊要對付的人數恐怕也差不多。

位居戰士們的中心的——是日前身穿禮袍、帶著王者之劍的複製品現身的男子，也就是伊瓦德．克里斯托迪……他是戰士們的恩師，也指導過潔諾薇亞和伊莉娜同學的劍術，是信徒中的信徒。他的手中握著散發出神聖氣焰的王者之劍複製品。

站上前一步的——是杜利歐先生。他舉起手，一派輕鬆地向伊瓦德．克里斯托迪搭話：

「老師好，好久不見了。」

伊瓦德．克里斯托迪嚴肅的表情毫無變化，以沉重的口吻說：

「……真不知道這次重逢我是該高興，還是該嘆氣。杜利歐以及各位轉生天使啊，你們如果依然願意稱我為師的話，就別再多說了，直接接下我們的劍好嗎？」

伊莉娜同學和在場的「神聖使者(brave saint)」成員當中，也有奉伊瓦德・特里斯托迪為師的人。面對老師，他們的表情顯得複雜到了極點。

「我們這邊倒是有很多事情想問你呢。如果事情可以靠溝通解決的話是再好不過了。」

杜利歐・傑蘇阿爾多輕描淡寫地這麼回答。不希望起內鬨的他先對身為老師的那個男人提出了對談的要求。如果能夠靠話語讓他們將高舉武器的手放下來的話當然是最好的……

然而，伊瓦德・克里斯托迪像是知道徒弟心裡在想什麼，如此開了口：

「……你最近好像經常去這個地方的某個設施，那裡最近好像準備執行取出神器(sacred gear)的儀式是吧？」

「是的，正如老師所說。」

這是在說他剛才對我提過的那件事吧。看來，武裝政變派事前也得到情報了。伊瓦德・克里斯托迪嘆了口氣說：

「不過，『惡魔的儀式』已經在那個設施逐漸扎根。這已經是一件罪孽深重的事情了。必須在身心深處都遭到汙染之前制裁那個地方才行……我的部下當中也有些人提出這種激進的意見呢。我也是虔誠的信徒，也同樣無法完全否定這種想法。」

聽他這麼說，杜利歐先生瞇起眼睛。

「所以，你們打算破壞那個設施嗎？這樣一來，生活在那裡的孩子們該怎麼辦？」

「讓他們在邊獄待到洗清罪孽為止——如果我這麼說的話，你會怎麼做？」

對方十分認真地這麼說，讓臉上總是掛著笑容的鬼牌——表情一變。

「…………就算是開玩笑，這種話也絕對不能在我面前說啊，老師。」

杜利歐先生的語氣當中帶著怒氣。沒錯，身為老師，那個男人相當清楚那些字眼能夠攪亂這個總是捉摸不定的青年的心緒。杜利歐先生自己也知道對方是在挑釁卻無法忽視，畢竟還年輕吧。

伊瓦德．克里斯托迪搖了搖頭，感嘆地說：

「杜利歐，為什麼？像你那麼優秀的戰士，爬到鬼牌那麼高的位置，為什麼還是想不通？即使締結了同盟，還是有必須懲罰之惡！還是說，米迦勒大人將你變成天使的時候，連你的心也遭到改變了？你的力量——煌天雷獄（zenith tempest）的力量，甚至足以打破世界的平衡啊！」

號稱足以消滅神祉之具現、強大無比的力量，其中第二強的能力，就在杜利歐．傑蘇阿爾多這個人身上。正如伊瓦德．克里斯托迪所說，只要他有心，大可以像曹操那樣揭竿起義，躍上大舞台對抗世界。

——但是，杜利歐搖了搖頭，否定了他的說法。

「老師……我呢，從出生到現在，都不曾想過要把這個世界怎樣。一直以來，無論何時，我所實踐的都只有一件事情。」

他——展開雙手，做了一個擁抱的動作。

「——在我雙手可及的範圍之內，守護小鬼們的笑容。我是為了這個目的才變強的。才變成鬼牌的。這個理念到現在依然沒有改變。」

他的這句話，讓身為老師的那個男人，以及跟在那個男人背後的戰士們，表情都變得相當複雜。鬼牌剛才說的那番話，想必觸動了他們心裡的某些部分。

葛莉賽達修女也站上前一步說：

「……克里斯托迪大人，我看已經是多說無益了……無論您再多說什麼，這個孩子的心都不會動搖。」

聽修女這麼說，伊瓦德．克里斯托迪仰望天空說：

「真是個正直到愚笨的男人……你一點都沒有變。」

「是啊，我想有我這麼一個笨天使應該也不會遭天譴，所以一直維持這個路線。」

「這樣啊，那麼我也貫徹自己的意志吧。即使崇敬的是同一個上帝，既然你我的『正義』不同，就必須導正才行。」

伊瓦德．克里斯托迪將複製王者之劍的劍尖指向我們，高聲大吼！

「多說無益啊……說的一點都沒錯。如果你也是戰士的話，就以自己的兵刃證明自己是對的吧！戰士們啊，這是上天容許的戰鬥。儘管在今天這個地方將自己心裡的一切發洩出來吧！」

『喔喔喔喔喔喔喔喔喔喔喔喔喔喔喔喔喔喔喔喔喔————！』

戰士們的吼叫聲，大到足以激烈震盪這一帶的空氣。

「即使死了也不要後悔！因為罪的工價——乃是死！」

伊瓦德．克里斯托迪將劍高舉——然後用力向下一揮！

『喔喔喔喔喔喔喔喔喔喔喔喔喔喔喔喔喔喔喔喔喔喔喔喔喔喔喔喔喔喔————————喔喔喔喔喔喔喔喔喔喔喔喔喔喔！』

這個動作成了開戰的狼煙，戰士們放聲吶喊，一起朝我們這邊攻了過來！教堂的土地瞬間化為戰場。

同時，塞在耳朵裡的耳機型魔力機器當中傳出蒼那前會長的聲音。前會長和「主教（bishop）」草下同學一起待在後衛的位置。

『那麼，各位，我們開始吧。首先由椿姬和翼紗上前，製造盾牌！』

「「是！」」

首先由真羅學姊和「城堡（rook）」由良同學上前迎擊敵人。真羅學姊發動了反擊型神器（sacred gear）

「追憶之鏡(mirror Alice)」。站在她身旁的由良同學也舉起人工神器(sacred gear)「精靈與榮光之盾(twinkle aegis)」。前者能夠以鏡子遭到破壞時的衝擊加倍反擊對手。後者能夠因應締結契約的精靈的屬性衍生出各式各樣的攻防手段。

站在後衛位置的戰士們發動了遠距離攻擊。他們以填充了光力的槍械，或是遠距離型的神器(sacred gear)同時射擊。真羅學姊在半空中變出無數的鏡子因應這波攻勢，由良同學的盾也運用的精靈之力，製造出巨大的火焰障壁！真羅學姊的鏡子將衝擊加倍射回對方的陣營，由良同學的盾也將戰士們發動的遠距離攻擊以火焰包圍，並加以消除。戰士們的第一波攻勢，就這樣被西迪的「皇后(queen)」及「城堡(rook)」完全抵擋了下來。為了避免兩人直接遭受攻擊，「主教(bishop)」花戒同學也以人工神器(sacred gear)製造出結界，籠罩住真羅學姊、由良同學。

接著攻過來的，是在前線戰鬥的戰士們。他們各自拿著劍、槍、斧等武器，組織陣型，攻向我們。

蒼那前會長做出下一個指示。

『那麼，接下來我方也由前鋒應戰吧。』

戰上前去的，是西迪的「士兵(pawn)」仁村學妹、「騎士(knight)」巡同學、同是「騎士(knight)」的班妮雅小姐、「城堡(rook)」路卡爾先生等四位。我和來自「神聖使者(brave saint)」的幾位轉生天使也在加入了他們的行列。所有人都是手拿武器（仁村學妹是腳甲，路卡爾先生則是空手）的前鋒型戰士。

我們前鋒站到真羅學姊、由良同學前面，和教會的戰士們短兵相接！光是看他們的身法和操使武器的動作，就知道各個都是頗有實戰經驗的戰士。也就是說，他們當中沒有任何一個在戰鬥上是新手。而且他們一直以來對付的都是惡魔和吸血鬼。他們毫不保留地發揮了那些經驗。因為，他們用的都是發著光的劍、長槍，還有裝著聖水的小瓶，甚至是十字架！要是挨了那些攻擊肯定會受傷。即使不至於致命，身心也會確實受創。

不過，我們一路走來也跨越了不少生死關頭，半吊子的攻擊根本不可能直接命中我們。我將「騎士(knight)」的特性——速度發揮到極致，化解了戰士們的所有攻擊，並且創造出未開鋒的聖魔劍一口氣打倒多名戰士……總不能砍殺他們嘛。雖然他們前來挑戰我們，但是在武裝政變當中並未造成人員死亡。

當然，以立場而言遭到砍殺也不能有怨言，他們應該也相當清楚這一點，手上的武器也是白晃晃的刀劍……但儘管如此，無謂的殺生只會遭到怨懟、帶來復仇……若是逼不得已，我已經有殺害他們的勇氣與覺悟，也覺得遭到他們憎恨也無所謂。

但是，如果能夠不殺而屈人之兵，自然沒有必要砍殺任何人。必須以利刃相向的對手——現場恐怕只有那一位吧。

伊瓦德・克里斯托迪依然沒有動作。他將王者之劍的複製品插進地面，觀察著戰場。

「啊——這樣還挺麻煩的呢……」

如此抱怨的是班妮雅小姐。身為死神(grim reaper)的她，對於不能拿引以為傲的鐮刀出來砍人似乎相當不滿。她的鐮刀會割取靈魂。要是砍傷了他們，他們的靈魂也會遭到割傷，甚至可能致死。如果只是一、兩次的話也可以說是無可奈何，但她刻意選擇了「不使用」鐮刀。目前，她是以沒有刀刃的部分加以攻擊。個性難以捉摸的她，似乎也採納了我們盡可能不想造成死亡的想法。

「……也罷，這也是一種考驗。」

豪邁地揮舞著帶有魔法火焰的雙臂撂倒多名戰士的是「城堡(rook)」路卡爾先生。身為狼人的他也是擁有凶惡攻擊力的魔法戰士。只要願意，他可以將在場的大多數戰士像撕紙一樣輕而易舉地扯爛。不過，目前他克制了自己的衝動。

「再怎麼嚴苛，還是得打下去，還是得踢下去！」

「……幸好先練習過怎麼調整劍的破壞力。」

「士兵(pawn)」仁村學妹和「騎士(knight)」巡同學也一面調整人工神器(sacred gear)的威力一面擊退戰士。

沒錯，在場的我們——在戰鬥的時候全都對自己設下某種限制。站在對方的角度，這完全只是在「手下留情」。而伊瓦德．克里斯托迪似乎也知道這件事，只是盯著戰場一直看。

……這只是我的猜想，不過，說不定……他們；不，伊瓦德．克里斯托迪打從一開始就

……正當我思索著戰士們的恩師心裡有何意圖的時候，真羅學姊大喊：

「會長！條件湊齊了！」

前會長回應了真羅學姊的吶喊！

『好的，椿姬——達到那個境界吧。所有人退到後方！』

達到那個境界？難道——我們遵照會長的命令，與真羅學姊拉開距離！

「——禁手化（balance break）！」

在真羅學姊說出帶有力量的話語的同時，冒出了好幾面形狀與花紋特別奇異的鏡子！

「出來吧，『瘋帽匠（mad hatter）』、『睡鼠（dormouse）』、『三月兔（march rabbit）』！」

戴著帽子的魔物、巨大的老鼠、穿著洋裝以兩隻腳走路的兔子，從那些鏡子當中現身！

那些異樣的鏡子變出了魔物！

蒼那前會長的聲音從通訊器當中傳出：

『那是椿姬的禁手（balance breaker），「望鄉的茶會（nostalgia mad tea party）」。禁手化（balance break）有著發動條件。而那條件就是，以「追憶之鏡（mirror Alice）」反彈攻擊達到一定次數。』

這麼說來，剛才的大規模攻勢也好，她在戰鬥中反彈了對手的攻擊好幾次。

『從鏡子裡面誕生的三隻魔物，各自能夠發揮不同的特異能力。』

巨大的老鼠奔向戰士們身邊，從口中吐出某種氣體。戰士們瞬間變得腳步虛浮，接連倒在地上。

『「睡鼠（dormouse）」能夠讓存在於一定範圍內的所有對手強制入睡。』

強制入睡！這個厲害！戰士們當場陷入了完全的熟睡！

「呀哈哈哈哈！」

「唔喔喔喔喔喔喔！」

部分戰士們突然像是失去了理智似地，有些放聲大笑、有些凶暴地大吼，開始作亂！一隻穿著衣服的兔子在戰場上到處蹦跳，在地面上製造出一圈又一圈的漣漪。戰士似乎是碰到那種漣漪便產生了異常。看來，原因就是那個了吧。

蒼那前會長說：

『「三月兔（march rabbit）」同樣能夠影響一定範圍內的人，讓他們的意識凶暴化。』

然後是戴著帽子的高瘦魔物。戰士們進入那隻魔物的視野當中，那隻魔物的眼睛便發出尖銳的閃光。戴帽子的魔物盯上的戰士們，眼神隨即變得空洞。

「嗚、嗚哇────────！」

「不、不要啊────────！」

那些戰士突然顯得相當害怕，對著某種我們看不見的東西揮舞著武器。他們手上的武器只是砍過空氣。

『最後是「瘋帽匠（mad hatter）」──這也是影響一定範圍內的對象，具有讓他們看見幻覺的效果。』

前會長如此表示。

強制入睡以及興奮作用，還有幻覺——

『要是三種能力都中了，無論是任何人都無法繼續戰鬥。這些不具備直接攻擊的威力。但是，削弱對方戰力的方式也不見得必須靠力量。』

前會長的口吻聽起來像是在對我說似的。不過其中沒有挖苦的意味，反而像是在指點我們戰鬥的另外一種方式。

「不過，這招居然能夠具現化出三種不同能力的怪物，簡直就像是具備複數能力的神滅具(longinus)……」

聽我這麼說，前會長卻有不同的意見：

『不，這又是另外一回事了。椿姬的亞種禁手(balance breaker)應該只有「從鏡子當中變出具備異能的魔物」一種而已。就像木場學弟能夠在魔劍上附加各式各樣的屬性一樣，椿姬也只是對鏡子變出的魔物賦予了不同異能罷了。』

……類似我的魔劍創造(sword birth)的亞種禁手(balance breaker)……從鏡子當中現身，而且能力各有不同的魔物們。我想，除了這三隻之外，一定還有別的魔物吧。畢竟，魔物們的名稱都是取自路易斯・卡羅的《愛麗絲夢遊仙境》當中的角色。這就是真羅學姊所選擇的禁手(balance breaker)的特性——如此的特性，真是不愧對「追憶之鏡（mirror Alice）」之名的亞種禁手（balance breaker）！

真羅學姊的家系——「真羅」原本就是操控魔性存在的家族。和朱乃學姊的「姬島」家族一樣，是在日本排名前五的異能名門。然而，真羅學姊天生受到奇怪的詛咒折磨，會透過鏡子吸引非現世的存在，最後甚至必須借助惡魔——西迪家的幫助才能夠保住一命。不過，也許是因為和惡魔扯上了關係，學姊的雙親也遭到真羅宗家放逐……

……老實說，我很害怕。這種能力很顯然是屬於「騙招」。也就是說，這招非常能夠克制我們吉蒙里眷屬。可以說是最可怕的一種。不只真羅學姊，匙同學和其他西迪眷屬也多半都是技巧型和術法型。儘管如此，其中卻不乏匙同學和路卡爾先生等能夠以力量壓倒對手的成員。阿撒塞勒老師也說過，以眷屬的平衡性來看，西迪肯定在我們之上。事實上也是如此。我們也反省了這一點、鑽研技巧，但是對上整隊都是天生的技巧派的西迪眷屬還是……我忍不住為了未來的排名遊戲打從心底感到害怕。

……嗯，這場戰鬥結束之後，我要請一誠同學和潔諾薇亞多加鍛鍊技巧層面才行。至少也得徹底學會如何應對技巧型對手，否則我們的前途實在堪慮。

我們接連撂倒教會的戰士，真羅學姊的禁手（balance breaker）又徹底擊潰了對方的戰線，終於讓那個男人握住刺進地面的劍。

「——你們退下。」

低沉的嗓音，讓戰場瞬間鴉雀無聲。戰士們或許是知道老師要出動了，一起讓出一條路來。不會對老師的進擊多加干涉，並對於絕對的力量有著信任……他們的行動當中透露出這些。

提著王者之劍的複製品，男子獨自一人，朝我們這邊走了過來。明明只有一個人……卻讓我感覺到比起成群的戰士群起而攻的時候還要強烈的壓力。

我們的臉上大冒冷汗。

杜利歐先生似笑非笑地說：

「……木場老弟，我想你應該聽說過，克里斯托迪老師原本是王者之劍的持有者。然後，那是王者之劍的複製品。原則上七種能力都有……我想，你最好把他當成比你想像中的最強聖劍士再強上四級比較好。」

也就是說，他是力量遠超越我所能想像的怪物——我必須有此認知是吧。

蒼那前會長透過通訊器說：

『戰士們由我的眷屬及「神聖使者(brave saint)」的成員繼續對付。伊瓦德·克里斯托迪——由剛才尚在待命的杜利歐·傑蘇阿爾德先生為首，加上伊莉娜學妹、葛莉賽達修女負責。木場學弟也負責對付他。』

「「「「收到。」」」」

負責對付伊瓦德．克里斯托迪的杜利歐先生、葛莉賽達修女、伊莉娜同學、我，四個人同時應聲。除了我以外的三位背上長出了象徵轉生天使身分的純白羽翼，我則是在身邊創造出無數的聖魔劍，並且拔出其中一把，對準前方的目標擺出架勢。

克里斯托迪在緩緩走向我們之際——變出了無數分身！

……這是運用天閃的特性，以高速形成的分身嗎？還是以夢幻的能力製造出來的分身？他製造出無數分身的時候實在是毫無預備動作，讓我不知該如何判斷；這時有人率先行動了——是葛莉賽達修女。她在手上製造出光的粒子，變出好幾顆球狀的光。

「克里斯托迪老師！請接招！」

說著，葛莉賽達修女將無數的光球往前射出！每一顆光球都充滿著濃密的光力，感覺威力之強，即使不是惡魔，中那招也肯定不可能沒事。

光球穿越了分身！分身遭到射穿之後，便直接失去了形體、化為虛無。那不是高速形成的分身？既然如此，就是夢幻製造出來的幻術囉！正當我如此猜想的時候，其中一個分身以劍彈開光球，然後朝我們衝了過來！本尊是那個嗎！

我和伊莉娜也舉劍迎擊——但杜利歐先生大喊！

「那是擬態！」

——！聽見他的告知，我瞬間做出反應，往旁邊跳開。因為我的直覺要我這麼做。我的直覺告訴我，待在原地會有危險！伊莉娜同學則是繼續順著原本的氣勢，以奧特克雷爾砍了擬態的分身一劍。那個分身——瞬間潰不成形，轉變為繩索狀！我順著繩索看了過去。不久之前遭到葛莉賽達修女轟散的幻術當中——冒出了克里斯托迪清晰可見的身影。克里斯托迪將繩索狀的物體收回手上再次建構，變回一把劍，砍向伊莉娜同學！竟有此事，剛才那無數的分身是以夢幻的特性製造出來的幻影，同時還夾雜了擬態在裡面。而且本人還用了透明及夢幻的特性混在幻術分身當中。在短暫交手的過程當中，他就已經展現出王者之劍的擬態、夢幻、透明三種特性。而且是在自然的戰鬥行動之中。

伊莉娜同學似乎也發現了擬態能力，並且預料到這一招，在伊瓦德．克里斯托迪解除幻術現身之後以刀身接下他的攻擊！接得漂亮——我才剛這麼想沒多久，就看見伊莉娜同學被猛烈的破壞之力壓垮！對方在斬擊當中加入了破壞的特性！伊莉娜同學正面接下破壞之力，當場跪倒！地面上冒出一個隕石坑！可見破壞之力有多麼強大！儘管如此，伊莉娜同學還是勉強以奧特克雷爾接下複製版王者之劍的攻擊，對老師露出無所畏懼的笑。她的嘴角——滲出血來了。

「……老師，單論破壞力的話，我覺得潔諾薇亞在你之上。」

對於學生如此挑釁，身為老師的男子只是高高揚起嘴角：

「是啊，我知道——不過，不要單以破壞力來論斷王者之劍。」

伊瓦德．克里斯托迪從懷裡掏出好幾個十字架，往上一丟。隨即，克里斯托迪一凝神，十字架瞬間在空中四散，接著刺進地面，將我們圍了起來！克里斯托迪以十字架張設了只將他和我們（我、伊莉娜同學、葛莉賽達修女、杜利歐先生）籠罩住的結界！

西迪眷屬一發現便試圖靠近——但十字架散發出龐大的神聖波動，讓他們無法接觸，也闖不進來。

克里斯托迪說：

「我以祝福的特性提升了十字架結界的性能。即使是外面的西迪家惡魔們也得花上十幾分鐘才能接近我們吧。」

……連祝福也用上了啊。而且這個結界的強度確實沒話說……即使是在裡面的我，除非使用格拉墨，否則大概無法逃脫。

克里斯托迪帶著高深莫測的笑容說：

「以王者之劍強化過的這個結界連天使也無法輕易破除。無論是想靠速度逃竄，還是飛上天拉開距離，你們都辦不到了。」

——所以……這是為了封鎖我的腳程，和轉生天使們的飛行能力啊。然後，就連西迪的援助也被這個結界擋在外面……

伊莉娜同學受到的傷痛似乎已經過去，她奮力將恩師的劍推了回去。克里斯托迪在往後跳的同時，發出好幾道神聖波動！這種攻擊我也會用，就連潔諾薇亞和伊莉娜同學也會！我和伊莉娜同學各自揮劍發射波動！原本是打算抵銷對手的波動——但飛過來的攻擊突然消散！就連波動也是幻術嗎！不，也有遭到抵銷的波動。在幻術波動當中還夾雜了真正的攻擊！神聖波動的幻術就連散發出來的氣息也和真正的攻擊毫無二致，很難瞬間分辨虛實。躲得過的話，還是以閃躲的方式應對比較好吧。我做出如此的結論之後，閃過了幾道波動，但——！神聖波動在後方改變了軌道，再次攻向我們！

克里斯托迪說：

「——儘管在我的時代沒有這個特性，不過我也將支配的使用練習到一定程度了。」

——支配的特性！他能夠自由自在地操縱已經飛射出去的波動嗎！具備追蹤性能的神聖波動，真是棘手到了極點！

「——那就這樣處理吧。」

杜利歐先生的手心發出光芒。下一個瞬間，攻向我們的波動就被他手上發出的雷擊轟散了……是神器(sacred gear)的屬性攻擊啊。

多虧了杜利歐先生的支援，我們暫時拉開距離，重整態勢。只是，因為被關在結界裡面，空間並不足以讓我們想拉多開就多開。

……他能夠將王者之劍的複製品運用到這種程度啊。一次攻擊當中至少混用了兩種特性。潔諾薇亞也開始學會這種攻擊方式了，但……這個傢伙運用特性時，攻擊的動作依然極為自然，很容易疏忽。潔諾薇亞在使用特性的時候，行動之中容易透露出「接下來我要使用特性！」的心態，因此在當她的模擬戰對手時，我能夠輕易識破。

這個男人就不同了。他就像是已經用慣了那些特性似的，有如舉手投足般自然地發揮在攻擊之中。或許是因為他完全認知到這才是王者之劍的力量，才能夠運用得如此淋漓盡致吧。老實說，我甚至開始懷疑眼前這個男人是不是本尊了。說不定那早已是幻術或是擬態的替身……不，或許讓我們這麼以為，才是這個男人的戰術。

克里斯托迪拿出一個小瓶子，將裡面的聖水灑在複製品的刀身上。

「即使是複製品，只要我的手上有王者之劍，要做到這種程度便是輕而易舉。」

說著，男子又毫無預備動作地，就這麼從我們眼前消失了！是高速移動嗎？還是透明？或者是幻術？可惡！一開始見識到他交互使用特性之後，王者之劍竟然就變成如此難以對付的東西了嗎！

我們一面感應氣息，一面以視線掃射四周！這時，一旁冒出了好幾個克里斯托迪的分身！這是哪一種？是幻術，還是擬態！

我和伊莉娜同學舉劍應戰！我和伊莉娜同學的格擋動作——竟然同時成功了！兩邊都是真正的攻擊？這怎麼可能！我和伊莉娜同學都和對手展開高速的攻防，然後趁隙重擊敵人

——然而，分身卻煙消雲散了！既不是本尊，也不是擬態？

而原本已經煙消雲散的分身，竟然當場再次建構成克里斯托迪的形體！

「——具有質量的殘像！是夢幻的聖劍（excalibur nightmare）的特性製造出來的嗎？」

我如此大喊！真教人難以置信！他居然連具有質量的殘像都製造得出來？

「——是天閃和夢幻搭配的效果。同時使用高速及幻術，藉此製造出具有質量的殘像。」

聲音是從背後傳來的！不知不覺間，第三個克里斯托迪已經繞到我背後來了！我消除了聖魔劍，將神器（sacred gear）變更為聖劍創造（blade blacksmith），從腳邊製造出龍騎士團！我以甲冑騎士為盾，和伊莉娜同學一起往後退開！克里斯托迪瞬間砍倒騎士（knight）們，然後拉近間距。

「即使聖水不會對強大如你們的惡魔產生功效——」

克里斯托迪丟了一個東西到我眼前——是裝了聖水的小瓶。然後他揮劍橫掃，破壞了小瓶！聖水從裂開的小瓶當中灑落——噴得我全身都是！確認聖水灑在我身上之後，克里斯托迪聚精會神！

————！下一個瞬間，侵襲了我的——是難以言喻的劇痛與痛苦！聖水發揮的神聖力量，劇烈地灼燒著我的惡魔特性！身體、心靈都感受到有如遭到瓦斯噴燈切割一般的劇烈疼痛，傳遍了全身，讓我當場痛苦掙扎了起來！他讓普通聖水的功效膨脹到好幾倍了嗎？不，說不定已經強化到好幾十倍了！

「也能夠以祝福的特性將效果提升到這種地步。想不想再試試看使用經過祝福的聖經來朗讀會怎樣啊？」

克里斯托迪這麼說。

「老師！」

伊莉娜為了救我從旁揮出奧特克雷爾！這一劍——斬斷了她的老師的首級！看見沒了頭顱的身體，伊莉娜同學顯得極度驚慌失措！她大概沒想過自己的攻擊可以砍掉老師的頭吧。

「——妳太天真了，紫藤伊莉娜。」

聲音是從伊莉娜同學的背後傳出。她眼前那個只剩下身體的老師煙消雲散。聽到聲音的伊莉娜同學轉過頭去——看見的是正準備揮劍的克里斯托迪！他故意以幻術讓自己的學生看見自己的死亡，使她驚慌失措！伊莉娜同學舉起奧特克雷爾，再次以刀身接下王者之劍——但破壞的沉重壓力再次壓垮了她！第二次的破壞之力讓她完全倒在地上了！

「別忘了還有我喔！」

杜利歐先生同時發出火球和冰錐——但是，那些都在即將命中克里斯托迪的瞬間改變軌道，往旁邊飛去！火球和冰錐都空虛地擊中了無關緊要的地方。

杜利歐先生毫不在意偏離的攻擊，在地面上製造出無數的銳利冰柱！我原本以為至少該有一根會命中——但只有克里斯托迪身邊不自然地沒長出冰柱……他使用了支配的特性，讓杜利歐先生的冰柱攻擊避開自己身邊嗎……！

「——竟然支配了鬼牌的攻擊嗎！」

對於這樣的結果感到驚愕的是葛莉賽達修女。

克里斯托迪一副理所當然似地說：

「只要運用支配的力量，即使是神滅具(longinus)——」

然而，他在說完之前，發現自己的衣服有一部份被冰柱刺穿了。

「……我原本是想這麼說，但光是讓攻擊偏向就讓我用盡全力了。看來是天使化的恩惠救了你啊，杜利歐。」

……儘管杜利歐先生不是全力出招，我手上也沒有格拉墨，但是對付一個人類的戰況竟然是這樣……！

「……天生能夠使用王者之劍的人，竟然強到這種地步嗎……！」

強成這個樣子我也無話可說了。杜利歐先生則是在一旁苦笑：

「哈哈哈，所以我不是說了嗎？我們要對付的，是教會當中人稱怪物的兩大巨頭之一。即使是複製品，只要是王者之劍，克里斯托迪老師就能夠像自己的手腳一樣運用自如。」

「他應該不是神器(sacred gear)持有者吧……？」

我姑且確認了一下。戰士們的恩師雖然使用了王者之劍的特性，但一點都沒有像我和杜利歐先生這樣使用自身擁有的特殊力量的跡象。

「克里斯托迪大人和史特拉達大人都沒有神器(sacred gear)。他們從以前就並稱為技巧的克里斯托迪、力量的史特拉達。」

『……如果面對的是知名的教會戰士，即使是最上級惡魔，有時也難免遭到消滅。從我年幼的時候，大人們就經常這麼告誡我……不過實際見到了，我才真正知道這是怎麼一回事。』

通訊器當中傳出蒼那前會長的聲音。我也真正感覺到了。足以匹敵最上級惡魔的教會戰士——我原本還以為這有可能只是迷信、半信半疑的，不過實際看到本人也只能被迫理解這件事是真的。

……而且他手上的劍，還是複製品。如果這是原版的王者之劍，到底會強到什麼程度啊……？

窮究人類技術之人，竟然能夠強到這種地步嗎…………！

……看來我必須下定決心才行了。

我緩緩站了起來，準備解放亞空間。我對大家說：

「……我要解放格拉墨。即使是王者之劍的使用者，應該也能夠爭取到足以讓鬼牌趁隙攻擊他的時間吧。」

我要以格拉墨對這個男人發出提升到最大的魔力攻擊。即使無法徹底打倒他，應該也能夠製造出破綻。只要杜利歐先生他們能夠抓住那個破綻——就有機會獲勝！無論能夠製造出來的勝算是多麼微小，都應該行動。

然而，杜利歐先生聽了卻搖頭說：

「……那可不行。」

即使是處於這樣的狀況之中，他的表情——依然充滿著悲哀。

「你打算消耗自己的生命，對吧？那可不行。聽好了，木場老弟。這是自己人之間以肉體進行的對話。只是以拳頭發洩彼此的不滿罷了。你不需要在這種狀況下消耗自己的生命。」

…………對於濫好人到這種地步的鬼牌，我忍不住激動了起來。

「但是！對方可是認真的！再這樣下去也只是白白受傷而已吧？你是想故意任憑自己人對你發洩不滿嗎？」

我爆發出自己的不滿。這樣一點也不像平常的我。那當然了。王者之劍——打亂了我的人生的東西。不只我，還有許多同志也蒙受其害……那個事件已經結束了？是啊，在巴爾帕．伽利略死亡、三大勢力締結和議之後，那件事確實告了一個段落……我的朋友一誠同學也看穿了我的心思，特地叮囑我。

可是……可是！天生的王者之劍使用者就在我的眼前，儘管是複製品，但他的手上還握著王者之劍。而且還是以敵人的身分站在我的眼前！我當然會想贏過他啊！當然會想超越他啊！我，以及我們，還有在那個設施的遭遇，全都不是幻影！都不是白費工夫！我想證明這一切啊……！

杜利歐先生把手放在我的肩上，露出笑容說：

「——不，我也會揍老師。順便罵他一聲『你這個大笨蛋』。可是，就算你要消耗生命揮舞那把魔劍，對象也應該是邪惡之樹才對。」

他把我摟了過去。

「吶，木場老弟——不，祐斗。你原本也是教會的設施出身對吧？既然如此，也等於是我的弟弟。身為哥哥，我不能容許弟弟做傻事——交給哥哥吧。我這個隊長可不是當假的喔。」

杜利歐先生——向前站了一步，站到身為老師的克里斯托迪面前。

克里斯托迪問：

「——杜利歐，號稱教會最強的男人是為何而戰？」

杜利歐先生露出最燦爛的笑容說：

「——為了讓大家過著平穩的生活。有這麼唯一一個無可撼動的理由不就夠了嗎。」

多達五對的純白羽翼伸展開來——渾身散發出金黃色的氣焰，人稱「王牌」的男子在手上凝聚著光力。他以雙手圍成一個圓圈，往圓圈中央吹了一口氣。如此製造出來的——是閃耀著七彩光芒的肥皂泡泡。

無數的泡泡在結界當中擴散了開來，最後甚至超出結界，占據了附近的所有空間。眼前的光景實在太過夢幻，使得在場的所有人都停下動作，只顧著追尋緩緩飄動的七彩泡泡

杜利歐先生說：

「這是『煌天雷獄（zenith tempest）』的應用招式——『七彩的希望（speranza bolla di sapone）』。」

Speranza Bolla di Sapone——這是義大利文，意思是「希望的肥皂泡泡」。

肥皂泡泡——忽然掉到我的手中，脆弱地破裂、消失。瞬間，我的腦中——浮現了令人懷念的記憶。

這是——在那個設施和同志們一起唱聖歌的記憶。

『吶，離開這個設施之後，大家想當什麼？』

『我想當畫家。我想畫耶穌的肖像畫，獲得表揚。』

我們每天都暢談夢想。對於在外面的生活抱持著希望——

『我想當修女。不過開花店也不錯。』

『我想當賽車手。我要開帥氣的Ｆ１賽車，創下最快的紀錄！』

『我……我只要可以和大家一起快快樂樂地過生活……就已經很滿足了。』

聽那個孩子低調地這麼說，大家都露出微笑。然後，我確實也跟著這麼說：

『當然囉，這才是最重要的！』

……沒錯，這才是最重要的。

……沒錯，他們也是、我也是……其實我們……根本不在乎什麼王者之劍……！我們各有各的夢想、各自抱持著希望，只想過著和一般小孩一樣的生活……！什麼聖劍、什麼適性……對我們而言……都只是為了……實現夢想的要素罷了…………

我摀著嘴……嗚咽出聲。

我終於回想起來了。我終於真正改變了想法。沒錯，我……他們……一點也不想要復仇。我們只想活下去。只是這樣而已。我早就明白了！我明明就明白啊！

那個人的聲音，在我的腦中迴響。

『——為了我，也為了你自己，活下去吧。』

救了我的紅髮的女性——我當成姊姊一般仰慕、珍視的那個人——

『——你可別死啊，大笨蛋。』

支持著我的摯友——由衷擔心這樣的我，我最重要的朋友——

我……明明已經這麼幸福了，為什麼！我怎麼會，沒有察覺到這件事呢……

……莉雅絲……姊姊、一誠同學。我真的是個大笨蛋……

仔細一看——戰場上的所有人，都在嚎啕大哭。大家手上的武器都掉到地上，所有人都泣不成聲。我的同伴們也一樣。

杜利歐先生說：

「……這種泡泡，能夠讓碰到的人回想起重要的人、事、物。作用僅僅如此。但是，我最想要的就是這種能力，所以才創出這種應用招式。」

讓人想起重要的人事物的泡泡——那種七彩泡泡，具備著這樣的特性啊……

——杜利歐是全教會最天真的孩子。

葛莉賽達修女說過的話在我腦中響起。

善待所有人的能力——號稱神滅具（longinus）之中第二強的力量，他故意不將那股力量用在強化上，而是化為截然不同的能力，否定了破壞。

然而，克里斯托迪儘管流著淚，依然舉起了劍：

「……即使如此！我們還是得做個了斷，否則這次起義就沒有意義了！杜利歐——！」

杜利歐先生的能力，應該也讓他回想起重要的事物了才對。儘管如此，男子依然憑著強韌的精神力，握住了王者之劍。

「——既然如此，我們就來一決勝負吧。」

葛莉賽達修女展開三對羽翼，在手上製造出光力形成的弓箭……我曾經聽說過，那是紅心Q特有的光之箭。其用途並非攻擊——

伊莉娜同學也呼應了修女，舉起奧特克雷爾說：

「奧特克雷爾，助我一臂之力！身為曾經使用過王者之劍的人，我也想稍微還以顏色！」

伊莉娜同學也展開兩對天使的羽翼，飛了出去！

我也創造出聖魔劍。看著自己創造出來的聖魔劍的刀身……我嚇了一跳。刀刃上……散發出來的氣焰是前所未見的澄澈，刀身本身也毫無一點黯淡與陰霾之處。我第一次感覺到，自己創造出來的聖魔劍是這麼的美——這把劍，簡直像是表現出我已經完全看開一切的心境似的……刀刃能夠反映出自己。即使是自己創造出來的聖魔劍，也適用這種道理嗎？

我握著這把真正由聖與魔交錯而成的劍，往前衝了出去！追上了先衝出去的伊莉娜同學之後，我們一起以不規則的軌道前進，攻向克里斯托迪身邊！

克里斯托迪再度製造出好幾個分身，試圖玩弄我和伊莉娜同學。砍了一個、砍了兩個，在一個一個砍倒具有質量的分身之際，我和伊莉娜同學感覺到正在逐漸接近本尊的手感。我們追上了一個分身，一刀解決了之後，才發現那也是擬態而成的，真正的克里斯托迪已經跳到我們上方了。在他將擬態的分身從繩索狀再次建構成劍的時候，我朝他揮出一劍！

刀身與刀身碰撞，迸射出火花！我的攻擊被正面擋住，這時對方的聖劍產生了變化。神聖的氣焰遭到我的聖魔劍吸收，反而強化了我的劍的聖屬性。這樣的結果使得克里斯托迪為之驚愕。

「——！以魔劍的力量吸收了王者之劍的神聖波動，強化了本身的聖屬性嗎！」

……對於這個效果，我也感到非常吃驚。聖魔劍竟然有這樣的特性……以魔之力吸收對方的聖之力，提升本身的聖屬性。這就表示也能夠反其道而行，以聖之力吸收魔之力，提升負面屬性吧。

——你應該繼續鑽研聖魔劍。你所引發的奇蹟是徹頭徹尾的奇蹟。

……到了這個地步，我回想起曹操在天界對我說過的話。他是不是早就知道這個結果了？不，他不可能連這種特性都知道。他想說的，或許只是聖魔劍還有許多未知的力量。

……如果繼續解析聖魔劍的特性，安全運用格拉墨也將不再是夢想嗎？

我的聖魔劍將克里斯托迪的王者之劍吸收到暫時失去了所有神聖波動，這時伊莉娜同學也緊接著揮下奧特克雷爾。

克里斯托迪以刀刃接下這一劍，但伊莉娜同學同時在聖劍上灌注了力量！

「奧特克雷爾啊！發揮淨化之力吧！」

奧特克雷爾呼應了主人的意念，解放其特性！奧特克雷爾具備淨化之力。若是解放了那股力量，即使是戰士們偉大的老師，正面接下那種特性之後，戰意也將消失殆盡——

「喝！」

——但是，即使淨化之力正在逐漸撫平克里斯托迪的一切心緒，他仍舊提氣一喝！他從口中吐出氣勢，更加用力地握住聖劍！逐漸的，複製王者之劍的神聖波動再次復甦。我再次以聖魔劍吸取其神聖之力，再讓伊莉娜同學補上最後一擊——正當我如此考慮的時候，一股特大的光力往我們這邊飛了過來。

「——我的箭能夠提升天使的力量！」

葛莉賽達修女的光之箭射進伊莉娜同學的背上。瞬間，伊莉娜同學身上散發出驚人的龐大光力，奧特克雷爾的力量之強度及特性也隨之增大！克里斯托迪的聖劍——一點一點，逐漸失去了神聖之力。

「——老師，我要出招了。」

杜利歐先生如此宣告。所有人看向上空——只見他已經製造出一整片廣大的雷雲，更讓刺骨的寒氣在周圍流瀉，逐漸凍結了克里斯托迪手上的聖劍。在他的腳邊也凝結了一層冰的時候，一道極大的雷電從上空落下。神滅具（longinus）的雷擊輕而易舉地破壞了包圍著我們的十字架結界，淹沒了戰士們的恩師——

伊瓦德・克里斯托迪躺在地面上。聖魔劍、奧特克雷爾、葛莉賽達修女的輔助光之箭，以及鬼牌・杜利歐以神滅具(longinus)使出的最後一擊——接了這些招式，戰士們的恩師終於倒下。

在他麾下的女戰士替他恢復之後，至少避免了喪命的危險。其他戰士們也都已經喪失了戰意，許多人都意志消沉地當場癱坐在地上。和我們戰鬥時受到重創，再加上恩師克里斯托迪敗北，使他們戰意全消。

躺在地上的伊瓦德・克里斯托迪，問了他的學生杜力歐先生：

「……只要一開始就製造出那種泡泡，你們早就獲勝了吧。不，只要你變身為禁手(balance breaker)，必定能夠輕鬆將我們一網打盡。」

……所言甚是。正如他所說，杜利歐先生如果一開始就用那種泡泡，或是變身為禁手(balance breaker)，戰況早已大大改觀。但是，這麼做真的好嗎？這時杜利歐先生開了口，回答了我心中的疑問：

「……我只是覺得戰士就是必須以劍交談才能夠滿足，所以早就決定打了一段時間之後再用。比起不完全燃燒，還是耗盡一切心力來得好。而且，我也已經下定決心，只有在面對怎麼講都不肯聽的人，還有毫無反省之色的壞人時，才使用我的禁手(balance breaker)。」

他似乎是顧慮到戰士們的心情才做出如此判斷。的確，與其一開始就封鎖眾人的戰意，不如讓大家完全發洩心情之後再用，比較不會留下禍根。正因為他也是戰士，才能夠類比對方的心情，做出如此行動。

戰士之師聽見學生的答案笑了笑。

「……真是的，你就是這麼天真……到頭來……戰士這種人，就是只能以劍交談。是你贏了，杜利歐。來吧，要殺要剮隨便你。不過，放過其他人吧。他們只是被我帶來這裡的。我才是難辭其咎的那個人。」

克里斯托迪卸下了一切防備，表示要擔起這次的所有罪責。聽他這麼說，戰士們紛紛表示異議：

「等一下，杜利歐！」

「要殺就殺我們吧！」

「老師只是回應了我們的意志罷了！」

「罪責都在我們身上！」

戰士們都站了起來，拚命包庇恩師。光是看見這幅光景，就知道這個男人有多們受到戰士們的景仰。

然而，他們的老師只是搖了搖頭。

「……他們大家，都是人生因為惡魔和吸血鬼而亂了套的人。我也一樣。我們唯一的生存之道，就只有打倒他們而已……來吧，制裁我一個人吧。那些孩子們，今後還有辦法改變生存之道。」

克里斯托迪的表情溫和……這才是這個男人最原本的神情吧。

而杜利歐先生——他只是嘆了口氣，左右揮了揮手。

「…………我們不會對你們怎樣啦。」

沒錯，杜利歐先生當場在地面上坐了下來，什麼也沒做。

「……為什麼？」

老師疑惑地這麼問學生，而學生只是大笑了幾聲：

「……要是我解決掉老師才真的會被怨恨吧？更何況——只要活著，就可以吃一大堆好吃的東西……世界上有太多人不知道這樣有多難能可貴了。」

「……太天真了。你真的是……太天真了。」

克里斯托迪這麼說，眼中微微泛淚。

這對於戰士們而言形同敗戰宣言。戰士們當場哭了出來，癱坐在地。有些戰士則是丟下武器，露出苦笑。

杜利歐先生對我和伊莉娜同學說：

「祐斗、伊莉娜，你們可以走了。這裡已經沒問題了，你們快去一誠老大他們那邊吧。

我……還想和克里斯托迪老師多聊聊。」

正如杜利歐先生所說，我也很在意幾乎同時開戰的另外一邊的戰況如何。如果這邊先結束的話，我的確也很想趕過去。因為這次我是出自任性而參加了這邊的戰鬥。不知道是不是因為看穿了我的心思，杜利歐先生才這麼說的。

我和伊莉娜同學彼此點頭示意，然後準備離開現場。這時，杜利歐先生說：

「對了，下次你能不能來探望住在附近的設施的小朋友們啊？那些孩子的境遇都和你很像。他們都是你和我的弟弟、妹妹。我們大家一起吃蛋糕，好不好？」

──杜利歐先生的表情……顯得非常柔和。比任何人都還要天真的隊長。這就是人稱「王牌」的杜利歐．傑蘇阿爾多吧。

「…………好，我一定去。」

我帶著微笑這麼說。伊莉娜同學也點了點頭。

「聖魔劍的騎士(knight)啊。」

克里斯托迪叫住我之後，只說了這麼一句話：

「──史特拉達大人，是個如假包換的怪物。」

……讓我們覺得是怪物的這個男人都特意這麼說了，史特拉達到底會是多麼強悍的怪物呢──

我和伊莉娜同學深深記住這句話，快步趕向主人身邊。

○●○

曾是杜蘭朵劍士的老人，瓦斯科．史特拉達所率領的戰士們和我們之間的戰鬥在（複製的）駒王學園展開之後，過了幾分鐘時，我——兵藤一誠的身邊冒出七彩的肥皂泡泡。

在那些泡泡出現之後，戰士們產生了變化，大家都紛紛哭了起來。就連夥伴們當中也有人跟著哭。

怎麼搞的？發生什麼事了？

德萊格在我體內說：

『……這種泡泡具備的能力似乎可以激烈動搖觸碰者的記憶。大概是讓他們想起了重要的事物吧。』

是喔是喔。不過，我碰到這種泡泡也沒怎樣啊？

『嗯，這只是我的想像，不過你隨時都把重要的事物放在心上，所以泡泡才沒有對你發揮功效。總是有很多事情讓你過度煩惱對吧？』

的確。像是對於未來、夥伴們、胸部之類的，我總是煩惱到連我自己都認為太多餘的地步。那麼，就是因為這樣，我碰到這種泡泡才沒有產生什麼變化囉？

『大概就是這麼回事吧。』

……在這種戰況之中，我卻比平常還要注意敵對的戰士們當中的女劍士們的胸部也是因為……

『是啊，這或許是泡泡造成的，又或許不是。』

……這樣啊，搖晃的胸部吸引我注意的頻率比平常還要高，就是因為這樣吧。

「這種泡泡……難道是我方陣營的招數嗎？」

莉雅絲困惑地抬頭看看著。

「沒錯，就是這樣。」

如此回答的——是木場！伊莉娜也在他身邊！喔喔，另外一邊已經結束了嗎！

「這是鬼牌製造出來的泡泡，能夠讓目標回想起重要的事物，進而削弱戰意。」

伊莉娜的報告如德萊格的預想。不過，這是杜利歐製造出來的啊……嘿嘿，他還是一樣淨想些溫和的招數啊。

不過，在這個狀況之下，有個人的戰意依然絲毫沒有變弱。

「哎呀哎呀……這些泡泡還真是漂亮啊。」

是在滿是皺紋的臉上推出笑意的瓦斯科．史特拉達。他的手上握著杜蘭朵的複製品。我們直到現在這一刻都一直在和戰士們糾纏，還沒直接對付到這位老爺爺……畢竟他老人家也是現在才不再靜觀其變，總算願意採取行動了。

我想，他一定是想先讓戰士們衝鋒陷陣，讓他們好好發洩心中的鬱悶。在那之後，自己再出動也不遲——

除了這位老人家以外的戰士們所構成的戰線，都因為我們的攻擊和剛才的泡泡而崩潰了。剩下還能夠戰鬥的戰士，可以說是只剩下他老人家了。

老人家開始脫掉身上的禮袍。藏在衣服底下的——是一點也不像高齡八十好幾的老人所擁有的、鮮活而厚實的肌肉鎧甲……好驚人的肉體啊，感覺經過了千錘百鍊，和充滿皺紋的臉完全搭不起來！再加上他的身高，整個人看起來就像個巨人似的。就連杜蘭朵的複製品看起來都變小了。

史特拉達向前踏出一步。一股令人毛骨悚然的寒意竄過我全身……就連背脊也是一陣涼。這種壓力……只有邪龍等級的對手才能讓我有這種感覺，然而這個老人家卻能夠以人類之身對我造成同樣的感受。這讓我對他產生了深不見底的敬畏之意。

老爺爺展開雙手，以深邃的五官擺出笑臉說：

「——那麼，我為你們上一堂主日學吧。惡魔之子們，多加學習吧。」

他釋放出濃密而沉重的壓力——讓我們所有人因而屏息。就連穿著鎧甲的我和匙，都能夠隔著鎧甲感覺到強烈的戰意。

潔諾薇亞吞了口口水，然後說：

「……杜蘭朵的複製品。聽說力量差不多是正牌貨的五分之一……不過既然拿劍的人是史特拉達大人，可能就不在此限了。」

王之杜蘭朵與複製杜蘭朵的對決啊……以劍的性能而言，是潔諾薇亞手上的那把高出許多吧。但是——

首先衝上前去的，是才剛過來會合的木場和伊莉娜。或許是因為先結束了另一邊的戰鬥讓他們氣勢大振吧，他們的腳步看起來充滿自信。

史特拉達老爺爺沒什麼動作，甚至也沒擺出架勢。他應該不是掉以輕心，也不是故作輕鬆吧。這時，高速逼近的木場手上的聖魔劍已經招呼過去了。

——然而，聖魔劍卻被徒手抓住！

武器被對方徒手擋下的木場一臉驚訝不已，他來回看著自己的劍和史特拉達的臉。木場試圖抽回武器，但那把劍卻是文風不動。對方以絕對的臂力接下了聖魔劍！

老爺爺用力點了點頭說：

「劍路不錯。十分確實，而且即使砍的是人類也毫不猶豫。不過……」

清脆的金屬聲大作——木場的聖魔劍被徒手折斷了。

「太耿直了。鍛鍊還不夠。」

說著，史特拉達以手背拳攻向木場！木場連忙以斷了的聖魔劍防禦——但那一拳實在沉重至極，將他打飛到遠方去了！

「大人，恕我失禮！」

接著，伊莉娜手持奧特克雷爾砍了過去——但史特拉達僅僅以兩根手指就夾住了這招斬擊，豪邁地將她連聖劍一起摔了出去！

「那就試試看魔法吧！」

後衛的羅絲薇瑟展開無數的魔法陣，從中發出交雜了各種屬性的全方位轟炸！

就連面對這樣的攻勢，他老人家也毫不閃躲，只是在魔法即將命中的瞬間，以一根手指快速觸碰那些術法。魔法經過他的觸碰，就像是失去了力量似地散開。對於這樣的結果，羅絲薇瑟為之驚愕！

「——！他瓦解了魔法——瓦解了術式本身嗎？」

「所謂的魔法，就是計算——既然如此，只要以能夠瓦解方程式的真理觸之，就能夠抵銷，或是破壞。尤其是年輕術士的方程式通常未經洗鍊，徒具形式。只要找到些許的破綻，就不構成威脅——只要了解其中的結構，就能夠以力對抗到底。」

不不不不不不！我不斷搖頭，無法相信眼前的現象！夥伴們的想法似乎也和我一樣，同樣驚訝！因為，他只是用手指彈了一下，就解開了羅絲薇瑟的魔法的術式耶！這個老頭也太鬼扯了吧！就算知道結構，術式也不是用一根手指頭就可以解開的東西吧？而且羅絲薇瑟的術式可是同類的魔法師看了也誇讚的漂亮術式耶！這樣也會只因為年輕兩個字就被他打發掉喔！

『既然如此，就換我上！』

化身為黑暗野獸的加斯帕撲向前方！或許是受到我的影響吧，變成這個狀態的加斯帕非常好戰，經常採取勇往直前的戰術！而且也因為每次都和我一起練習接近戰，他現在已經很能和我正面互毆了！現在的加斯帕已經相當強悍了喔！

史特拉達老爺爺終於擺出架勢，將右拳往後縮。接著，他的右臂肌肉脹大到不科學的地步。

「哼！」

隨著充滿氣勢的吼聲，他打出右正拳！加斯帕在千鈞一髮之際閃過正面衝向自己的那一拳——但遠在後方的建築物卻因為拳壓的衝擊而倒塌！

「——不會吧！只是正拳的餘波耶！他的拳頭有塞拉歐格的水準嗎！」

莉雅絲驚叫出聲！正如莉雅絲所說！沒想到除了塞拉歐格以外，還有能夠只靠拳風就破壞物體的人！而且他只是個人類，還是個老人耶！

潔諾薇亞說：

「大人的拳頭號稱『聖拳』。他就連拳頭上都帶有神聖的力量！大家要小心，惡魔被打中的話會受重傷！」

……這種時候也只能笑了吧！

閃過拳頭的加斯帕衝進史特拉達懷中！面對這樣的狀況，史特拉達首次舉起杜蘭朵。濃密的神聖氣焰頓時奔流，包覆住刀身！

加斯帕以巨大的身軀接連出拳！每一拳的威力都足以將普通的惡魔粉身碎骨！然而，那個名叫史特拉達的老人，或而以複製杜蘭朵的刀身，或而單憑身法，就輕鬆架開他的所有攻擊！竟然以力量化解了力量……！

加斯帕試圖壓制住杜蘭朵——但遭到其龐大的神聖波動壓倒，往後跳開！黑暗外衣被剝開了一部分，讓加斯帕的肉身稍微暴露在外。

『——這把聖劍的力量也太過強大了吧……！』

加斯帕的黑暗之濃烈，並不是隨隨便便的神聖波動能夠剝開的。畢竟，那足以說是魔神巴羅爾的化身也不為過。儘管只有一瞬間，能夠剝開加斯帕的黑暗外衣，便足以證明那個人有多麼異常了。

「那麼，下一個輪到我了！」

穿著漆黑鎧甲、身上的邪炎不住翻騰的匙射出了好幾道龍脈！史特拉達見狀，將杜蘭朵輕輕橫向一揮——在場的所有人瞬間感覺到一股惡寒，壓低了身子！接著立刻有某種東西高速掠過我們頭上！我轉過頭去，看向這個領域當中的人造建築物複製品。或許是因為他發射出來的波動太過銳利了吧，建築物上只留下一到橫向的切痕，並未倒塌。就連窗戶的玻璃也沒有被餘波震碎……到底要發射多麼銳利的波動，才能夠只留下橫向的切痕啊……！

而匙的龍脈也被俐落地砍成兩半，就連邪炎也因為神聖氣焰的氣勢而暫時消失！

「可惡！」

不顯畏懼的匙持續發出極大的邪炎！只要命中一記就能夠發動詛咒，以不會熄滅的邪炎將對手燃燒殆盡！又或者是使對方的力量散失！但是，複製杜蘭朵光是輕輕一揮，就能將匙的火焰完全消除！就連拳頭的餘波也能夠驅散匙的邪炎！

認定直接攻擊無效之後，匙在史特拉達的前後左右張設黑色的火牆！這是匙最擅長的結界！但是，老爺爺原地轉了一圈，並解順勢揮舞杜蘭朵，便輕而易舉地將火牆一刀兩斷！

邪炎不斷遭到驅散，逼得匙大喊：

「這個老頭到底是何方神聖！」

就是說啊！這個老頭到底是怎樣啊！不知道該說是不合邏輯，還是超乎常識，他竟然能夠靠力量突破所有的法則！

史特拉達搖了搖頭說：

「你們太過度依賴上帝賜予的力量——神器(sacred gear)了。」

他握緊拳頭，然後如此宣言：

「我的力量沒有任何道理可言。只是耿直地鍛鍊以及無數的戰鬥經驗，已經化為我的血肉罷了。只要不忘記對上帝專心一意的信仰以及對己身肉體的敬愛，力量甚至會寄宿在靈魂之中。孩子們啊——你們的靈魂寄宿著力量嗎？」

……既然他都這麼說了，我也不能輕易退縮。我也是人稱力量體現者的攻擊手。而且他的發言，很顯然是在挑戰重視火力、甚至被說成腦筋也練成肌肉了的我們吉蒙里眷屬！夥伴們心裡的想法似乎也都和我一樣，從表情也可以看出大家的力量正不住翻騰。即使不用互相提醒，並肩作戰至今的我們絕對有辦法配合成員們的戰鬥方式加以應對吧！

「老爺爺，我也要拿出真本事來了。」

如此宣言之後，我唸起鮮紅的咒文！

「——吾，乃覺醒者，乃揭示王之真理於天之赤龍帝也！胸懷無限的希望與不滅的夢想，而行王道！吾，當成紅龍之帝王——」

「將汝導向鮮紅色的光明天道——！」

『Cardinal Crimson Full Drive!!!!』

變身為鮮紅色鎧甲的我，拍動龍之雙翼，往前飛了出去！反正，就算在空中一直改變軌道飛過去也沒什麼意義，這點我非常清楚！既然如此，不如一口氣高速拉近距離揍過去還比較簡單明快！

我將右臂變成龍剛戰車模式（welsh dragonic rook），奮力一擊！

『BoostBoostBoostBoostBoostBoostBoostBoostBoostBoostBoostBoost!!』

隨著倍增的語音，增強的力量聚集到右拳上！龐大的龍之力也集中了過去！

『Solid Impact Booster!!!!』

以肉搏戰——以單一攻擊而言，這已經是最強的水準了！想正面接下我粗大而厚實的右臂所發出的攻擊絕非上策！只能閃躲，或是化解！但是，如果我預料得沒錯的話，這位老爺爺——宛如力量結晶的瓦斯科．史特拉達這個老人，肯定會刻意……沒錯！他正打算老老實實正面接下我的拳頭！他將複製杜蘭朵舉到身前，擋住了我的拳頭！剛體衝擊拳與複製杜蘭朵激烈碰撞，勁道的餘波將周圍的景物一一吹跑！

……我的拳勢……完全遭到吞沒了！開什麼玩笑啊！我可是灌注了全部力量打出這一拳的耶！竟然被一個拿著杜蘭朵的複製品的老人家完全接下來了！

完全抵銷了攻擊之後，我們雙方各自往後一跳，拉開了距離。在我的攻擊結束的同時，木場、伊莉娜再次衝了出去！這次小貓和朱乃學姊也上前助陣！

木場和伊莉娜以劍不斷施展斬擊，但史特拉德老爺爺依然用杜蘭朵以最小的動作以及本身的身法化解了所有攻擊！瞬間使自己成長的小貓也趁機打出淨化之拳，但老戰士以杜蘭朵的劍柄擋下這一拳，並且反過來將小貓推開！

「雷光啊！」

朱乃學姊喚來天雷，並解轉化為巨大的龍形！是雷光龍！而且有五條！數量比以前還要多，雷光也變得更為濃密！雷光龍們像是有著自己的意志似的，分立攻向史特拉達！

「——號稱神之雷的天使的後裔！真是太美了！」

儘管讚賞著朱乃學姊的攻擊，史特拉達仍然在杜蘭朵的刀身上催起神聖氣焰，奮力揮砍！那股氣焰顯然比潔諾薇亞發出來的還要濃密。極大的波動轟散了雷光龍！波動的威力完全沒有減弱，順勢攻向我們！

「盾啊！」

羅絲薇瑟站上前方，張設了好幾道堅固的防禦障壁魔法陣！堅硬的魔法障壁在複製杜蘭朵的攻擊波動之下，一道接著一道遭到破壞，眼看波動已經進逼到我們面前了！——但是，羅絲薇瑟又堆疊了好幾道障壁，終於消除了史特拉達的攻擊！

……不過，到底要用多少防禦魔法陣才抵銷得掉那道波動啊……羅絲薇瑟少說也張設了二十道才對。經「城堡」特性增強過的防禦障壁也需要這麼多啊……！讓我再次為這位老戰士操使杜蘭朵的功夫感到驚嘆！

「還沒完呢！」

最後衝上去的，是杜蘭朵的現任使用者，潔諾薇亞！她拿著王之杜蘭朵，在加強了速度及破壞力的狀態下揮舞聖劍！以複製品接下潔諾薇亞的攻擊之際，老戰士打從心底笑了出來，並對她說道：

「很好！就是這樣！這樣就對了！不可以思考任何事情！聽好了，戰士潔諾薇亞啊！即使和王者之劍合而為一，杜蘭朵的本質——是純粹的力量！正因為如此，妳才會被選上！別否定！不可否定力量！」

在應對潔諾薇亞的攻擊的同時，史特拉達像是在教導她使用方式、自我定位似的，不斷使出斬擊。

號稱破壞之化身的聖劍的正牌與複製品彼此交鍔，同時史特拉達正面對潔諾薇亞說：

「——但是，力量的表現不只一種。這把劍的現狀，是妳真正追求的模樣嗎？」

「——！」

聽老爺爺這麼一問，潔諾薇亞露出心有所感的表情。

潔諾薇亞暫時往後一跳——然後若有所思地看著王之杜蘭朵。史特拉達見狀，露出微笑

……他們兩個之間是不是有了什麼使用杜蘭朵的人之間才懂的交流啊……？

這時莉雅絲挺身而出！她渾身上下帶有毀滅的氣焰，頭上更冒出一顆巨大的魔力球體！

「——那麼，這招又如何？」

——是消滅魔星（extinguish star）！她是趁我們衝上前去的時候凝聚魔力製造出來的吧！

「你不躲的話就死定了！」

如此宣告之後，莉雅絲發出特大的攻擊！毀滅球體前進的速度相當緩慢，但是任何人被擊中了都不可能沒事。這招毫不留情、無法抵擋的攻擊，就連邪龍都可以消滅。

然而，莉雅絲卻刻意先提醒了對手才出招。言下之意——是要他閃躲。命中必定能消滅對手的招式。儘管如此，莉雅絲還是用了這招，是出自對於對手的敬畏之意。

但是，老戰士完全沒有要閃躲的動作！他只是露出愉快的微笑，正面看著莉雅絲的毀滅球體！

「厲害厲害……對於老人家而言，這招有點難以對付啊——不過……」

他高舉複製杜蘭朵——在刀身上凝聚了龐大的神聖氣焰。

一面慢慢吸收周圍的物體，一面接近目標的消滅球體——面臨複製杜蘭朵的斬擊！隨著耀眼的刀光一閃，極大的亮度讓我們摀住眼睛……！

在我們睜開眼睛的時候，映入眼簾的——是莉雅絲的魔星被一刀兩斷的光景！

「——！」

這個結果讓莉雅絲驚訝到說不出話來。那當然了。就連邪龍面對這招也無計可施。然而，一個老人，又是一個人類，卻憑著聖劍的複製品破解了這招。這對我們造成的衝擊簡直無以復加。

即使強如史特拉達也開始大口喘著氣……但是他砍破魔星依然是不爭的事實。

莉雅絲也只能帶著僵硬的笑容說：

「……這種時候也只能笑了吧。」

史特拉達順了順呼吸說：

「——聽好了，杜蘭朵是足以斬斷『一切』的聖劍。即使目標是巴力的毀滅魔力也不例外。」

他如此宣告，簡直就像是在為我們講解杜蘭朵的資料似的。

……只要運用得宜，杜蘭朵竟然能夠發揮如此的斬擊力嗎……！那麼，等到潔諾薇亞能夠完全掌握住真正的杜蘭朵，到時候這個世界上就沒有她砍不斷的東西了吧……？

小貓的笑容也很僵硬。

「……我開始覺得，教會其實只要有這位老爺爺一個人就夠了吧……」

……就是說啊。只要有這個老爺爺一個人，教會就撐得下去了吧？難怪會有即使是最上級惡魔也會被教會戰士打敗的傳說……就算只是極少數，但只要有像老爺爺這種人誕生在這個世界上，即使是最上級惡魔也難逃被消滅的命運。

「——那麼，接下來換我上場可以吧？」

一邊這麼說，一邊向前站出一步的——是原本一直在觀察狀況的亞瑟．潘德拉岡！他依然是穿西裝戴眼睛，掛著一如往常的微笑。只是，他的手裡還握著一把帶有龐大而濃烈的氣焰，號稱傳奇中的傳奇的聖劍之王——柯爾布蘭。

「喔喔……沒想到活到這把年紀了，還能看到這把劍啊……」

史特拉達看見亞瑟手上的聖劍，也不禁出聲感嘆。與之對峙的亞瑟則是毫不畏懼地放話：

「您手上的劍不是正牌貨讓我感到有點遺憾——不過，至少也能夠親身感受您的力量。」

亞瑟平靜地走了過去。史特拉達也配合他開始前進。彼此之間的距離越拉越近，但雙方仍然沒有任何要擺出架勢的動作。終於，兩人已經走近到對方的眼前，停下腳步。年輕的紳士和老戰士乍看之下是那麼心平氣和，但身上散發出來的那股難以言喻的壓力可是貨真價實。兩人之間的空間，開始呈現出扭曲的現象。

終於，兩人的身影瞬間從現場消失！劍刃與劍刃彼此碰撞的尖銳金屬聲響徹這一帶，於是我們抬頭看向上空！因為氣息是從上面傳來的！不出所料，兩人往上空高高躍起，開始一面互砍，一面往下掉！從起跳到落下的時間，應該相當短暫才對。然而，兩人在空中互砍的這段時間，卻像是壓縮到極為濃密的攻防戰似的，雙方都變換了好幾種套路，激烈衝突。由上而下、由下而上，不時還夾雜著刺擊，或是掃開對方的斬擊、奮力揮劍，或善用巧勁——雙方在空中展開的高速斬擊戰——使得周遭的複製建築物全都因為兩把聖劍散發出來的氣焰餘波而顯得不堪一擊，悉數崩塌。

「……好厲害。」

「是啊……」

「…………」

伊莉娜、潔諾薇亞、木場等劍士們都驚訝得說不出話來。他們都因為在空中進行的高密度斬擊戰而屏息。就連眼睛也沒眨一下，只是注視著傳說中的聖王劍與傳說中的老劍士之間的戰鬥。簡直就像是在說這種時候閉上眼睛將是劍士之恥似的，三人緊盯著亞瑟與史特拉達之戰。

亞瑟和史特拉達一面降落一面互砍，總算著地之後，卻又馬不停蹄地衝了出去，以聖劍展開第二波交鋒！兩人一面奔跑一面對彼此出招！交鋒的氣勢在地面上形成巨大的裂縫，輕易就破壞了馬路。兩人的身上也產生了變化。雖然他們都沒能直接砍中對方，但史特拉達千錘百鍊的肉體上冒出好幾道刀傷，亞瑟的西裝也有好幾道利刃劃出來的明顯裂口。兩人的表情都充滿狂喜之色。感覺就像是打從心底在享受這場斬擊戰一般——

亞瑟忽然舉起氣焰大幅波動卻又平靜的聖王劍，往什麼都沒有的方向一刺。於是，空間破了一個洞，刀身就這樣消失在洞裡面！史特拉達像是察覺到了什麼，將上半身大幅往後仰。這時，貫穿空間的刀身從旁穿出！

這樣啊，亞瑟以聖王劍在空間上打洞，就可以藉此將刀身從對手身邊伸出啊。

這麼說來，亞瑟之前曾經用聖劍劃開空間，鑽到裡面去撤退。不知道這到底是聖王劍的特性，還是亞瑟的招式，但總之亞瑟確實讓刀身貫穿了空間，對史特拉達使出刺擊。

然後，非人哉的老戰士史特拉達更躲過了忽然跨越空間從死角鑽出來的所有刺擊！

不會吧！就連完全出其不意的攻擊也躲過了？

亞瑟那招穿越空間的攻擊是在使出普通斬擊的同時，完全沒有特別動作，也沒有散發出氣息，史特拉達老爺爺卻能夠輕易躲過。

……如果是我的話，肯定無法分辨假動作，早就被砍了不只十刀吧；然而這位老戰士依然只靠身法和劍將那種攻擊全數化解！

而且這些動作全是在高速斬擊戰當中做出來的，我也能夠輕易理解其中交雜了我也看不見的攻擊。

換作是我的話——想必無法完全躲過聖王劍，早已因為持續遭到神聖波動攻擊而趴倒在地了吧。攻擊次數之多、出人意表的招數、同時聖劍的威力也不容小覷……對我而言，亞瑟是令人絕望的剋星。

「……亞瑟還沒拿出真本事。當然，他的對手史特拉達也是……」

就連木場也無法完全推知兩名劍士的實力。他咬著嘴唇，一臉不甘心的樣子。我想，他應該是因為知道自己不及他們兩位的部分，以及他們兩位的實力，而對自己的渺小感到扼腕吧……我也是啊，好友……這個世界上怎麼會有這麼多強者啊……而且還是人類。瓦利隊的劍士，亞瑟·潘德拉岡。聖王劍的主人。他竟然強到這種地步……！

兩名卓越的劍士令人屏息的攻防戰，在這之後又持續了幾分鐘——直到結束的那一刻突然來臨。他們雙方奮力揮了一劍，在火花四射的同時往後方一跳。接著兩人重新擺出架勢……但亞瑟忽然把劍放低。調整好眼鏡之後，他笑著說：

「……果然了不起——不過，到此為止吧。再繼續打下去的話，我會因為大受打擊而無法振作。」

亞瑟突然說出這種令人不明就裡的台詞，而史特拉達似乎也知道是怎麼回事，同樣暫時放低了劍。

「……抱歉了，年輕的劍士啊。」

老戰士苦笑著說。他對亞瑟的行動表示諒解。

亞瑟輕輕笑了一下，離開現場。經過我們身邊的時候，他悄悄說了這麼一句話：

「……要是可以早個三十年；不，早個二十年遇見您的話，這一定會是最棒的一場戰鬥。再繼續打下去……只會讓我更難過吧。」

亞瑟落寞地這麼說著，黯然離去……這或許是所謂只有劍士才懂的矜持吧。

好了，現在剩下我們……這下該怎麼辦呢。想阻止這個老人家的話——看來非得拿出真正的真功夫不可了。

……我下定決心，從鎧甲的寶玉變出飛龍（wyvern）。老戰士見狀，咧嘴一笑：

「我聽說過這招。據說，赤龍帝擁有足以改變周邊環境的招式——的確，即使是我，中了那招也難逃一死。」

……他知道神滅爆擊砲嗎？距離我上次用那招，已經過了一個月。力量已經恢復了。

可卡比勒說過的話再次浮現在我腦中。他對於杜蘭朵的前任持有者——也就是這位史特拉達老爺爺，曾經這麼說過。

——前任持有者可是強到超乎常軌了呢！

……強到超乎常軌，這麼形容未免也太有說服力，我都不知道該說什麼了……！正因為如此，除非用最後的絕招嚇嚇他，否則這位老爺爺恐怕不會退讓吧！

然而，有個人從旁介入我們之間。是潔諾薇亞。

潔諾薇亞向前站出一步，與史特拉達老爺爺對峙。她將王之杜蘭朵向前一舉——然後將其分成兩把。王之杜蘭朵是可以從杜蘭朵上面分離出個別的王者之劍使用……但潔諾薇亞剛才的行動，是將整把劍拆成杜蘭朵和另外一把傳說中的聖劍。也就是說，她現在是以右手拿杜蘭朵、左手拿最原本的王者之劍這樣的型式，擺出架勢。

那並非個別的王者之劍。並非天閃、也不是破壞、更不是擬態。而是最原本的，真正的王者之劍。她現在採取的是杜蘭朵與王者之劍的二刀流。這也代表了她讓原本遭王者之劍壓抑住的杜蘭朵解放了出來。

看見眼前的光景，史特拉達渾身一震。彷彿像是直到這一刻他才因為戰鬥而振奮起來了似的！

「沒錯。這樣就對了！身為杜蘭朵的前任持有者，王之杜蘭朵在我眼中是一件充滿疑問的東西。杜蘭朵本身就是完成型，王者之劍也是同樣的道理……為何必須將兩把劍組合在一起？完全只是因為妳無法掌控杜蘭朵，而讓王者之劍屈居於『輔助』的地位……妳是戰鬥的天之驕子，無論是拿一把劍還是兩把劍都能夠應戰——別否定力量。唯有相信力量，妳的實力才能晉升至貨真價實！」

……確實是這樣。潔諾薇亞無法完全掌控杜蘭朵充滿攻擊性的氣焰，才會以抑制氣焰為名目而以王者之劍為鞘收納於其中。而且正如老爺爺所說，潔諾薇亞最喜歡的戰鬥型態是雙手都拿聖劍。像是破壞的聖劍(excalibur destruction)加上杜蘭朵，或是杜蘭朵加上阿斯卡隆——現在的她回到了以前的戰鬥型態。一手拿杜蘭朵、一手拿王者之劍。沒錯，就是我剛遇見她的時候，她最原本的戰鬥型態。

瞬間——剛分開的兩把聖劍分別釋放出濃密的神聖氣焰。氣焰的釋出毫不止息，逐漸增強。這種純粹、濃厚、讓人忍不住為之一震的神聖之力，我之前未曾在潔諾薇亞的劍上感覺到過。

史特拉達濕著眼眶說：

「……我們終於重逢了，杜蘭朵啊。沒錯，那才是杜蘭朵真正的模樣。來吧，戰士潔諾薇亞啊。什麼都別想，只管攻過來就對了。真正的杜蘭朵，只能從破壞當中追尋。」

「……是！」

體現了力量的兩名劍士提著劍，拉近彼此之間的距離。他們的步伐雖然平緩，卻有著確實的強大力量。直到雙方快要撞上的距離，兩者的劍才首次交鋒！潔諾薇亞的雙劍與史特拉達的單刀噴出銀光及火花，激烈而華麗地彼此碰撞！

「喔喔喔喔喔喔喔喔喔喔喔喔喔喔喔喔喔喔喔喔喔喔！」

「喝啊啊啊啊啊啊啊啊啊啊啊啊啊啊啊啊啊啊啊啊啊啊啊啊啊啊！」

光是破壞的餘波就使得這個戰鬥領域整個搖晃了起來，兩人周圍的景物開始崩潰！複製而成的建築物接連倒塌，馬路上也冒出深不見底的裂痕！就連領域的天花板也冒出裂縫，從中透出次元夾縫那萬花筒般的花紋！

就像我和塞拉歐格以拳頭交談的時候一樣，眼前展開的是更勝於我們的光景。這也和那個時候一樣，是近乎純粹的破壞與破壞的合奏。

真正的杜蘭朵與複製品所製造出來的破壞餘波也衝擊了我們，身體不時就會感覺到一陣疼痛……我和匙的鎧甲上也冒出了裂痕。到底要用多大的力量彼此衝突，才能夠只因為餘波就造成這麼大的傷害啊！

眼前展開的世界，恐怕只有他們兩個然才能夠理解吧——力量與力量。只有連思緒都遭到力量所占據的人能夠重現這樣的戰鬥。其中恐怕有一種語言，只能用彼此的肉體才能夠交談吧！

潔諾薇亞交叉了杜蘭朵以及王者之劍，由上往下一揮！史特拉達則是正面以複製品接下這招！眼前的狀況正是破壞×破壞的攻擊打在破壞的化身之上，而對手也是個力量的怪物！

「喝啊啊啊啊啊啊啊啊啊啊啊啊啊啊啊啊啊——！」

他以複製品將兩把傳說中的聖劍推了回來！——但是，付出的犧牲也很大。因為，複製品的刀身已經出現了裂痕。不僅如此，老戰士的呼吸顯得非常紊亂，他的體力顯然即將耗盡。

史特拉達當場跪倒在地。再這樣打下去，潔諾薇亞應該可以靠體力之差占盡優勢。擁有極大力量的前任杜蘭朵持有者——畢竟還是高齡八十的老人。體力是騙不了人的。

潔諾薇亞走向跪倒的史特拉達。就在即將分出勝負的這一刻，有個人插進兩人之間——是名叫戴多祿的少年樞機主教。

少年帶著涕泗縱橫的臉，以身護住史特拉達，站在潔諾薇亞面前。即使是潔諾薇亞，也因為少年的行動而感到困惑。

少年流著淚，如此泣訴：

「……請你們原諒史特拉達大人。這一切都是我的錯。」

「戴多祿大人……請您退下。讓老朽解決一切吧。」

史特拉達試圖站起來，卻被少年制止。

「夠了！已經夠了！不用再打下去了！要是連史特拉達大人都離我而去的話，我……我到底該怎麼辦才好！」

少年轉過身去，背上長出「奇蹟之子」的證據——純白的羽翼。他以微弱的聲音這麼說：

「……我的……父親和母親……都被惡魔殺害了。」

他看著我們的眼神——充滿了悲傷。

「……我不會原諒惡魔！怎麼可以原諒惡魔！」

少年如此吶喊……他的這句話讓我們無言以對。

……雙親遭到惡魔殺害？他是「奇蹟之子」——是天使和人類的混血兒。他的父親和母親……都被惡魔殺害了嗎？

史特拉達帶著充滿悲哀的表情，將少年摟進懷中，然後娓娓道來：

「……同盟也是好事一樁。那也是和平的一種形式。但是——還是有人因此而義憤填膺、無法因此得到救贖。戴多祿大人也是、今天對抗你們的戰士們也是，都是因為人生因為魔性存在而變了調，才會拿起劍來。」

…………

……沒錯，每個人心目中的和平都不一樣。我們感覺到和平的狀況，或許會讓別人感覺到痛苦……但是，儘管如此，我們……！

「我們——」

就在我準備開口的時候，有個人打斷了我的發言。

「我們！」

——是木場。

木場說：

「……我們只是想過著平穩的生活而已。你們有你們的正義，也有只屬於你們自己的價值觀吧。但是，我的主人莉雅絲．吉蒙里、一誠同學、朱乃學姊、小貓、愛西亞同學、潔諾薇亞、加斯帕、伊莉娜同學、羅絲薇瑟老師、蕾維兒小姐、西迪眷屬，以及住在這個鎮上的許多同伴，都是和我一起跨越生死關頭的夥伴。」

木場的表情是前所未見的清爽，神情像是卸下了所有重擔似的。

潔諾薇亞也和木場口徑一致：

「就是這樣。我們是彼此扶持，一起賭命戰鬥到今天的夥伴。即使無法得到史特拉達大人和戴多祿大人認同，我們還是有著一路戰鬥到今天的尊嚴！即使有人對此抱持不滿，我們也要為我們所相信的人繼續戰鬥下去！」

兩名劍士——吉蒙里的「騎士（knight）」們如此力闡，讓史特拉達那張充滿皺紋的臉上露出滿意的笑容。

「……原來如此，眼神非常不錯。鬥氣也非常不錯。莉雅絲．吉蒙里公主啊，妳有一對好『騎士（knight）』呢。」

「是啊，他們都是我引以為傲的『騎士（knight）』。」

莉雅絲也對兩名「騎士」感到自豪。

木場和潔諾薇亞雖然有同是教會設施出身的共通點，一路走來的歷程卻截然不同。而現在則是侍奉著同一個主人，彼此以劍切磋琢磨，共享著同樣的理念——

伊莉娜也加入兩名勇猛的「騎士」，和他們站在一起。

「史特拉達大人、戴多祿大人——我也覺得有壞惡魔。但是——」

伊莉娜看著我說：

「同樣也有好惡魔。關於這一點，人類也一樣……其他神話體系甚至還有善神和惡神。」

史特拉達聽了豪邁地放聲大笑：

「哈——哈、哈、哈！想不到啊想不到……原來如此、原來如此。不過，我還真沒想到身為天使的妳會談論異教的神……說的也是，這就是同盟的結果，也意味著新時代的開始吧……」

老戰士摸著下巴，開始沉思。不過，他看起來隱約顯得有點開心——然而，史特拉達再次拿起劍：

「——不過，劍一旦舉起，就必須找到契機才能夠放下。戴多祿大人，請您退下。請您見證老朽最後的杜蘭朵吧。」

……他的戰意依然完全沒有減弱！眼中依然有著熊熊燃燒的火焰！他大概是不惜和我們同歸於盡也要堅持到最後吧！但是，他的體力尚未復原。再這樣下去，先不論是否會有人犧牲，不久之後肯定是我們會贏……但是，這樣真的好嗎？真的應該像這樣繼續打下去嗎？

就在我如此思索時，年少的樞機主教哭著拉住史特拉達！

「夠了！已經夠了！史特拉達大人！我……我已經滿足了！知道你和克里斯托迪大人，還有戰士們願意為我而戰……只要知道這些我就滿足了！……能將我的想法、不滿，直接傳達給這些人就夠了，在達到目的的那一刻你們就可以撤退了……所以，我願意接受懲罰！我願意以我的性命贖罪！」

他的臉上表現出強烈的決心。這個孩子自己說過的話、做過的事情都非常明白，也有著為此受罰的覺悟。

史特拉達露出柔和的笑容，溫柔地摸了摸少年的頭：

「……無論在任何時代，都有發出不平之聲的小孩。您的聲音比任何事物都還要崇高、還要純粹。正因為如此，我才會再次握住劍，戰士們也選擇追隨您。更重要的是，我想好好看看他們——這支不惜屏棄您和戰士們的意見組織而成的隊伍。他們毫不排拒我們，接受了我們，還聽取了我們的想法。他們……想必已經徹底思考過，該如何阻止我們了吧。思考過該如何接納我們的意志，而非踐踏——在那個時候，我們就已經輸了。」

「——！」

老戰士的話語，讓年少的樞機主教頓時語塞，低下頭去。

……這位老爺爺早在行動之前對我們就已經有一定程度的了解了啊……儘管如此，他還是接受了少年和戰士們的不滿，選擇拿起劍……

史特拉達說：

「我和克里斯托迪將以自己的首級，請求上天原諒。戴多祿大人和戰士們都還年輕。這件事，是我鼓吹眾人為之——在這個戰場上發洩了一切、跨越了我的屍骸之後，戰士們應該也能夠走上新的生存之道才是。」

——！這位老爺爺！他打算扛下一切罪責嗎？他打從一開始就是為了承受戰士們的不滿，由自己一肩扛起責任才決定領軍——

聽見史特拉達如此表示，戰士們紛紛悲憤地吶喊：

「大人！」

「請您別這麼說！」

「大人，我們樂意奉獻自己的性命！」

「我們早已做好前往煉獄的覺悟了！」

所有人都流著淚。身經百戰的戰士們試圖讓準備以命贖罪的老樞機回心轉意。光是看見這樣的景象，就可以讓人清楚得知史特拉達多麼受到戰士們的尊敬。

知道了老爺爺的意志——讓我們都露出難以言喻的表情，不知道該將高舉的拳頭對準哪裡。

就在雙方都不知該不該進攻的時候——

「就讓我來把你們殺個精光吧～♪」

突然，第三者的聲音在四周迴盪！大家四處張望之後，視線集中到某一點上。

眼前是一名穿著哥德式服裝，撐著洋傘的女子——不，那是魔女華波加！這個傢伙！竟然又闖進來了！

所有人都將矛頭對準了那個傢伙！而那個魔女只是愉快地笑了笑：

「在最後的關頭，從旁奪走最受矚目的一刻♪嗯～真是令人萌萌燃燒的狀況啊～」

說著，華波加當場開始踏起舞步。在她舞動的同時，無數的魔法陣有如漣漪擴散般展開！刺眼的轉移之光一起照亮了我們！

從無數的轉移型魔法陣當中現身的——是成群的巨大量產型邪龍！十、二十、三十……數量幾乎要達到三位數的邪龍軍團從魔法陣當中出現！

真是夠了，在這種狀況下，這個傢伙又跑來召喚量產型邪龍喔！

占據了這一帶的漆黑——那些全部都是邪龍！以成群的邪龍為背景，魔女嘲笑著：

「那麼，我要請邪龍們好好表現囉～～♪」

天真地露出邪惡的笑容，華波加向前伸出手，準備對邪龍下達指示的時候，羅絲薇瑟也露出意味深長的笑容。

「——早就料到你們會來這招了。」

羅絲薇瑟彈了一下手指。結果，整個領域開始發出銀色的光芒！

天花板、複製的建築物、馬路，全部都發出銀光！瞬間，成群的邪龍頓時失去力量，當場倒地！邪龍們的眼睛全都失去了神采，一動也不動！

「——！這是……！怎麼會這樣！」

突如其來的劇變讓華波加也為之驚愕。

而我們也同樣驚訝！這種現象是怎麼回事啊？

羅絲薇瑟得意地笑著說：

「我們早就料到你們邪惡之樹會闖進這裡、也早就知道妳會召喚邪龍了。建構這個領域的時候加入了我的獨鬥結界術式，只要妳召喚邪龍到這裡來就會啟動，封印牠們。」

——！真的假的！她事先預測到這些傢伙會闖進這裡，所以在領域當中加入了召喚邪龍就可以封鎖牠們行動的術式？也、也對，這些傢伙會闖進來想要漁翁得利確實是料想得到。

他們原本是打算以人海戰術壓垮我們吧。不過，在研究666（trihexa）的封印之際，羅絲薇瑟還想出了這樣的結界術啊！

羅絲薇瑟看向愛西亞：

「愛西亞小姐馴服了量產型邪龍，是這個術式最主要的起點。她讓我調查了量產型邪龍。在製造結界的時候，我在術式當中加入了止住牠們的動作的功能。」

太厲害了！居然能在愛西亞和法夫納馴服的邪龍們身上得到提示，順利建構出如此成功的術式！照這樣看來，我們也可以期待６６６（trihexa）的封印術式完成了吧！不愧是北歐的才女！

華波加見狀似乎也心有不甘，抽搐著嘴角——但是，她立刻又大笑了起來。

「哇——喔，狀況變得好可怕喔。那麼，我先走一步好了♪」

知道戰況不利，她才剛到就想逃了嗎！就只有這種決定力特別強啊！

華波加在腳底下展開轉移魔法陣，準備逃跑——但是，那個魔法陣也失去了光輝，逐漸消失。

「……沒有發動？轉移被封鎖了？」

華波加疑惑地脫口這麼說。

「——不，我只是把妳的轉移路線全部切斷了。」

又冒出了另外一個人的聲音！我轉過頭去，看見的是帶著黑狗的「刃狗（slash dog）」幾瀨鳶雄！

看見幾瀨鳶雄的身影，華波加大驚失色：

「——『刃狗(slash dog)』！」

幾瀨也像是在對熟人搭話似地說：

「嗨，好久不見了，紫炎魔女。妳繼承的聖十字架狀況怎樣啊？不好意思，妳事先在領域外面準備的逃脫用轉移魔法的術式都被我砍光了。」

說著，他仰望天花板——無數的刀刃有如冰錐一般指著下方的我們……這個廣大的領域的天花板，整面都長滿了利刃嗎……？

扭曲的刀刃散發出不祥的光芒，刀身上也刻滿了看似帶有咒力的花紋。

華波加見狀顯得狼狽不堪！

「開、開什麼玩笑啊！我可是事先隨機設置了以萬為單位的術式耶！我才闖進來沒多久而已，你就在這麼短的時間內全都——」

「沒錯，全都被我切斷了。因為我負責後方支援。這點工作總是得做。」

「…………！你真的是人類嗎……？」

華波加啞口無言。大概是因為幾瀨瞬間就破壞了她的所有術式吧，華波加像是在看什麼異物似地看著他。

幾瀨對我說：

「好了，解決掉她吧，兵藤一誠。在舞台上發光發熱，才稱得上是傳說之龍。」

「我、我知道了！」

好啊！多虧有羅絲薇瑟和幾瀨，邪龍全都停擺了，還把華波加也困在現場！雖然對史特拉達老爺爺有點過意不去，不過我要先在這裡把這個魔女解決掉！

「D×D」成員全都將華波加當成目標了。因為大家都知道，在場最危險的就是這個魔女。

感受到所有人的敵意，華波加先是閉著嘴悶笑，最後放聲大笑了出來。

「啊——哈！哈！哈！哈！哈！哈！哈！」

華波加展開雙臂！她的背後冒出好幾道紫色的火焰，建構出十字架的形狀！

「那麼，就讓你們見識一下好了！我的禁手（balance breaker）！」

華波加的戰意瞬間高漲，紫炎也呼應了她的戰意，逐漸膨脹！紫炎慢慢變型、脹大，逐漸形成某種形狀！是一個超大的十字架！被釘在十字架上面的——是一條有著八顆頭的巨大龍族！好大！超級巨大的身軀將近兩百米！而且，我記得那條龍！

——是八岐大蛇！

我當然還記得了。不久之前，我才和操控八岐大蛇的劍士對戰過！

在背後以紫炎製造出八頭龍的華波加說：

「——這就是我的亞種禁手（balance breaker），『最終審判者下達的霸焰制裁（Incinerate Antiphona Carvalho）』喔♪」

看著被釘在火焰十字架上的邪龍，史特拉達說：

「聽說，聖十字架現任持有者的能力，會因為施加釘刑的對象而改變其外型及特性。而這次釘在十字架上的對象是八頭邪龍，是吧。」

那個傢伙的亞種禁手(balance breaker)還有這種特性啊！

魔女也跟著說了：

「我們交給八重垣的那把劍只有『八岐大蛇』的靈魂的一半。剩下的一半被我吸收到紫炎裡面了。這個神滅具(longinus)真正的模樣是獨立具現型喔♪」

……什麼不好挑偏偏挑邪龍來吸收！將邪龍的靈魂釘在聖遺物(relic)上重現其力量什麼的，也太亂來了吧！不過，雖然說是邪龍，那也是聖遺物(relic)的火焰。炙熱的熱氣已經傳到我們這邊來，隔著鎧甲仍然刺痛著我的皮膚。光是熱氣就能造成這種影響了。要是惡魔毫無防備地中了那種火焰，肯定無法逃過遭到消滅的命運。

然而，有個人勇敢地向前站了一步。是潔諾薇亞。她雙手分別拿著王者之劍和杜蘭朵，上前應戰。

「讓我對付她吧。現在的我，應該打得贏才對。」

她充滿自信的表情支持著她大膽的言行。剛才和史特拉達一戰，讓潔諾薇亞掌握到杜蘭朵的力量的本質了吧。

好吧，我也陪妳一起上就是了！我走上前去，站到潔諾薇亞身旁，指著華波加說：

「那麼，我們要收拾妳了！」

說著，我派出飛龍(wyvern)，自己也向前方飛了出去！而潔諾薇亞只是靜靜留在原地，開始提升兩把聖劍的力量。我可以看見高密度、高濃度的神聖氣焰逐漸籠罩住刀身！

「你們以為只憑兩個人就能對付我了嗎？」

我在華波加密如雨點的魔法以及紫炎八岐大蛇吐出的火焰之間穿梭，同時提升著那股力量！對手是女性。洋服崩壞(dress break)和乳語翻譯(pilingual)都起得了作用！不過，華波加可能靠魔法擋住我這兩招，阿撒塞勒老師之前也說過！既然如此——只要穿透她的魔法防禦就可以了！

我將飛龍(wyvern)派到華波加身邊去！讓牠們在空中自由自在地飛舞！華波加似乎覺得很煩，試圖打下牠們，但是少個一兩隻也不會怎樣！只要有一隻碰到那個傢伙，就可以滿足我的招式的發動條件了！

『Reflect!』

在空中恣意飛舞的飛龍(wyvern)一面反彈魔女的魔法，一面纏在她身邊試圖找到可乘之機，最後終於稍微碰到她的肩膀了！瞬間，華波加的肩膀上浮現我的術法的紋章！

——時機成熟了！

我凝聚魔力，向前伸出右手，並且大喊！

「——穿透吧！」

『Penetrate!!』

我的神器發出這樣的語音！然後，我再次提升魔力，展開神秘的空間！

「——乳語翻譯——！」

術法——籠罩住華波加了！即使是對付魔女，乳語翻譯依然奏效了！接著，華波加的胸部說出只有我才聽得見的心聲：

『接下來，在下將以魔法展開屬性攻擊，配合「八岐大蛇」的攻勢，牽制赤龍帝。接著尋找可乘之機，對待命的「D×D」成員噴出紫炎是也。』

——！聽見她的心聲是很好，但是華波加的胸部的語氣像戰國武將一樣，嗓音也像大叔一樣粗糙耶！原來還有這種胸部喔！害我有點受到打擊！算、算了，這樣我就可以預測那個魔女的行動了！

我衝上前去，預測魔女的行動，將她的魔法悉數擊落、封鎖！華波加這才知道自己中了乳語翻譯，為之驚愕！

「不會吧？我中了那個奇怪的招式嗎？怎、怎麼會，竟然像我這麼厲害的魔法師也會中招！」

比起情勢變得對她不利，中了我的乳語翻譯似乎更讓她大受打擊！真是不好意思啊！我的招式就是這麼奇怪！不過，配合了穿透能力之後，對付女生就是如此無敵！妳的行動全都被我聽見了！好啦，該解決她了！

魔女發出更勝羅絲薇瑟的各種屬性魔法全方位轟炸，而我靠閃躲與神龍彈應對，一口氣拉近了距離！

原則上，我還是用手碰了一下華波加，姑且用了說好的這招！

「洋服崩壞(dress break)！」

我擺出耍帥的招式，炸開華波加的衣服！嗯！她的胸型相當漂亮嘛！腰身也很纖細，臀部也是小巧可愛！我終於成功對這個魔女用出這招了！我對情色的堅持、執著，終於開花結果了！

「你這隻變態龍！」

華波加如此抱怨，但是在這種情況下依然沒有遮掩自己的裸體、持續發動攻擊，真教人佩服！

——這時，潔諾薇亞如此宣言！

「——我要上了，一誠。解決這場戰鬥吧！」

這麼說的潔諾薇亞手上的兩把聖劍——散發出前所未見的高濃度、高密度氣焰，卻還是非常穩定！

潔諾薇亞說：

「之前，我無法完全掌控杜蘭朵的攻擊性，得靠王者之劍控制其氣焰才能勉強使用。然後，我也學習技術，試圖取用王者之劍的各種特性。但是杜蘭朵和我的本質——乃是以最原本的狀態行動。原本的風格才是我們的真實——然而，只是一股腦地追求力量卻也和本質相去甚遠。繞了遠路、重新審視，我才真正再次找回了自己最原本的戰鬥風格。」

單憑力量壓倒對手的杜蘭朵加上破壞的聖劍（excalibur destruction）或阿斯卡隆，原本以這樣的二刀流風格戰鬥的她，遇見了光靠力量打不贏的敵人，便接觸了利用王者之劍各種特性的技術。然而，眼前的她現在的戰鬥風格和以前一樣，是將力量提升到極限的二刀流——儘管如此，她身上的氛圍、氣的流動，都和之前截然不同。氣勢猛烈，但極具攻擊性的神聖氣焰卻相當穩定，一點也沒有危險的感覺。

潔諾薇亞將兩把聖劍交叉為十字，同時大喊！

「正因為有一路走來的所有歷練、經驗，我才能夠回到這裡！一切的一切，都化為我的血肉，讓我能夠接納杜蘭朵了！上吧，杜蘭朵，大鬧一場吧！還有王者之劍！和杜蘭朵一起從旁支持我，提升我的力量吧！」

潔諾薇亞解放了杜蘭朵與王者之劍的神聖氣焰！刀身上發出大量的光芒，照亮了整個領域，氣焰更是直衝天花板！潔諾薇亞高高舉起帶有極大神聖氣焰的兩把聖劍！

然而，長了八顆頭的紫炎邪龍試圖干擾她，八張大嘴當中分別吐出巨大的火焰！是紫炎火球！聖遺物的神聖波動想必也加算在火球的威力上，對於惡魔而言肯定是一擊必殺！

不過，我們有可靠的夥伴們對付那些招式！

「我們不會讓妳得逞的！」

「沒錯！」

伊莉娜和小貓以奧特克雷爾和仙術的淨化之力，抵銷了火球！

『休想得逞！』

「就是說啊。」

黑暗加斯帕和木場則是豪邁地正面迎擊，以暗黑吐息和聖魔劍掃蕩剩下的火球！加斯帕那個傢伙，在那個狀態下會從口中噴出氣焰，就像帶著不祥氣息的能量波。阿加變得越來越像怪獸了啊！

「我們上！」

「好！」

「破壞是吉蒙里的專利嘛。」

朱乃學姊、莉雅絲、羅絲薇瑟，大姊姊三人組分別豪邁地發出雷光龍、毀滅魔力彈、魔法的全方位轟炸，各自轟掉了邪龍的一顆頭！單就破壞這一點，對我們來說可是專業領域啊！

八岐大蛇的頸項開始冒出紫炎，試圖讓遭到破壞的頭部重生，但好幾道帶著黑炎的龍脈延伸向前！

「——妳休想。」

是匙！從他的禁手（balance breaker）鎧甲上長出來的龍脈不斷延伸，將巨大的邪龍整隻包得像木乃伊一樣！紫炎構成的巨大身體一點一點遭到漆黑的火焰侵蝕！紫炎的邪龍身上浮現出肉眼也能夠看得見的詛咒，蔓延到全身！弗栗多的詛咒之強，一旦中了就無法輕易解咒。隨著火焰造成的劇痛，詛咒將逐漸奪走目標的體力及靈魂，使其化為灰燼。與目標接觸的龍脈更會有如保險一般吸取目標的力量，真是令人敬畏的特性。

「——潔諾薇亞同學，這是身為副會長候選人對會長候選人的激勵。剩下的就交給妳搞定了。」

匙豎起拇指對潔諾薇亞這麼說！聽了匙的玩笑話，潔諾薇亞也露出大膽的笑容回應：

「好，那我就不客氣了！我們是三者合一的劍！走吧，和我一起上吧！」

潔諾薇亞將氣焰提升至極限的兩把聖劍交叉，發出斬擊！足稱極大的氣焰奔流呈現十字形，向前射出！瞬間，氣焰斬斷了火線上的所有東西，最後在巨大的紫炎「八岐大蛇」身上砍出了十字的缺口！

真是太諷刺了。聖遺物當中的聖十字架，被兩把聖劍的波動以十字軌道斬斷——制伏了紫炎之龍的波動，其劇烈的餘波甚至斬斷了戰鬥領域，製造出大規模的裂口。裂口都大到可以看見一整片次元夾縫的風景了。

「——十字危機，就叫這個名字好了。」

說著，潔諾薇亞帥氣地收招！儘管只有靈魂的一半，但是能夠一擊打倒和聖十字架合體的邪龍，這招的威力也太誇張了吧！

不過，我也不能只讓潔諾薇亞一個人耍帥！我也該搞定對手了！

「……不會吧，為什麼我的紫炎就這樣……！」

禁手遭到斬斷所造成的衝擊，使得華波加整個人僵在原地！我毫不留情地憑藉著經由飛龍提升力量，準備發射真紅爆擊砲！

「……我沒能將邪龍完全釘在聖十字架上嗎……？可是，我體內的『祭主』明明就說這是辦得到的啊……！」

完成蓄力的我對準說不出話來的魔女發出砲擊！

「真紅爆擊砲————！」

『Fang Blast Booster!!!!』

砲口發出鮮紅色的強大氣焰，吞噬了那個魔女——

New Life.

一切都已告終的戰鬥領域——

和我們交戰過的武裝政變派教會戰士們，都放下武器乖乖投降了。

同時，身為主謀的伊瓦德・克里斯托迪、瓦斯科・史特拉達以及戴多祿・冽冷齊也都答應投降。

「是我們輸了。我們不會反抗。」

史特拉達老爺爺這麼說之後，為了接受審問，他走向專用的轉移魔法陣。

至於華波加……她中了我的真紅爆擊砲依然活了下來。看來，她似乎是在千鈞一髮之際展開了新的防禦魔法陣。不過她昏了過去，所以當場被我們逮住，現在已經被送往冥界的專職單位了。

……打倒華波加之後，我發現了一件事……她的身邊，有一小撮紫色的火苗。幾瀨鳶雄似乎知道那是什麼，拿出一個專用的油燈，將火苗裝了進去。幾瀨表示：

「照理來說，神滅具（longinus）會自動傳承到下一代的持有者身上，不過這個神滅具（longinus）有時候會憑著自己的意志尋找主人。這次是那個魔女的神器，有時候又會變成別的持有者的神器。聽說，這個神器本身有著某個人的意志，具有能夠不斷換主人的特性。所以要像這樣回收，否則它又會到處徬徨地尋找主人吧。」

據說是這樣。

……原來還有這種神滅具啊。所謂的獨立具現型就是這樣嗎？也、也罷，像塞拉歐格的獅子也是從斧頭變來的……我的和瓦利的也都還在變化。神滅具這種東西就是比一般的神器多了許多隱藏的特殊能力吧。

話說回來，我的夥伴們真是越來越強了呢……木場的聖魔劍，刀身上已經完全沒有一絲陰霾，盪漾在劍上的聖與魔的波動也變得更加華麗。潔諾薇亞在吸收各種經驗之後回到最原本的戰鬥風格，讓杜蘭朵和王者之劍的力量更成長了一大截。匙的禁手也變得越來越可怕，真羅學姊的禁手聽說也很不得了……早早離開這裡的亞瑟，也是個相當厲害的劍士。

再加上杜利歐、瓦利、塞拉歐格的話……要說我們是在緊要關頭的時候足以對抗「神」級存在的隊伍，好像也不是玩笑話了呢。

就在我想著這些的時候，經過我們身邊的史特拉達老爺爺停下腳步，手伸進懷裡掏了掏。

「我得先把那些東西交給你們才行。」

他拿出來的——是一疊信封。

「聖女愛西亞，妳還記得我嗎？」

聽史特拉達這麼問，愛西亞點頭以對。

「記得，我曾經問候過您一次。」

「嗯，妳真的是非常虔誠的信徒，也是非常善良的少女——妳收下這個吧。」

史特拉達遞出那疊信封。收下信封的同時，愛西亞仍然顯得有些疑惑。

「這是……？」

「是妳的力量治好的人們寫的感謝函。」

「——！」

愛西亞頓時語塞……那些是聖女時代的愛西亞治好的人寫給她的信啊。

史特拉達老爺爺繼續說：

「妳離開教會之後，依然一直不斷有人寫信過來。」

「……為什麼要把這些留下來？您大可以把這些丟掉吧……？」

史特拉達拉起愛西亞的手，露出溫柔的微笑。

「……我在聽說妳被逐出教會之後，便千方百計想設法找到妳的藏身之處……只可惜為時已晚——我深表遺憾。」

聽他這麼說——愛西亞的淚水不禁奪眶而出。這個老爺爺——原本是想救愛西亞的嗎……！

「……我……我……！」

「希望妳可以回信給那些寄信的人，或者是直接去見他們一面也不錯——這件事我已經交代下去了。妳想見他們的話，只要向教會的人說一聲即可。」

看著感動落淚的愛西亞，史特拉達摸了摸她的頭。愛西亞嚎啕大哭，哽咽到說不出話來。

這樣啊，愛西亞在教會時代治療人們的善行——並沒有白費！光是知道這件事，就讓我也感到很開心！

接著，老爺爺對戰鬥結束之後才來到這裡的阿撒塞勒老師說：

「對了，前總督大人。看來，這次也成功揪出跟著我們的叛教之徒了呢。」

「是啊，多虧有你的協助。」

聽兩人如此對話，我一臉狐疑不解。老師見狀，特地為我說明：

「我們明知是李澤維姆那個傢伙在煽動這次武裝政變。既然如此，就表示教會裡面有和他私下聯絡的背叛者。所以我利用這次和武裝政變派打架的機會，把叛徒揪了出來。毫不意外的，華波加闖進了那個領域對吧？這就表示背叛者將進入那個領域的魔法陣術式告訴了那些傢伙。這些都在我們的意料之內，所以我們事先做好準備，故意讓那個背叛者自由行動，直到確定是誰為止。」

聽老師這樣說，應該是已經抓到那個背叛者了吧。

史特拉達說：

「這次之所以將武裝政變派帶來這裡，一方面也是為了揪出那個人。真是勞煩墮天使的前總督大人了。」

那麼，老師之前說的，史特拉達老爺爺他們自願充當武裝政變主謀的真相，其中一個目的就是為了揪出背叛者囉……也對，要是有黑暗面留在內部的話，即使這次武裝政變落幕，也難保不會有第二次叛亂發生。即使老師和史特拉達兩個人沒有當面談過，對此也有某種不需多說的共識是吧。

老師也不住點頭。

「這不算什麼。我不過是趁年輕人打架的時候乘勢為之罷了。而且也讓我們藉機測試了羅絲薇瑟的結界和封印術啊。」

羅絲薇瑟也帶著自豪的笑容說：

「能夠將入侵者一網打盡真是好了。不過更重要的是，幸好戰鬥領域沒有遭到破壞。」

剛才我才聽說，那個戰鬥領域的結構似乎已經堅固到非常離譜的地步，也因此才能在我們大鬧特鬧之後依然存在，沒有崩潰……儘管還在研究途中，羅絲薇瑟的封印和結界術已經讓老師也佩服不已了。停止運作的大量量產型邪龍也已經傳送到各機構，作為研究、調查之用。

——這時，史特拉達再次掏了掏懷裡，拿出一個小瓶子。

「阿撒塞勒前總督大人，我有個東西想交給您。這是本次騷動的代價之一，還請收下。對各位不會有壞處的。」

老師接過小瓶。瓶子裡面……裝著看似陶器碎片的東西。老師看見裡面的東西，震驚得瞪大了眼睛，然後如此低吟：

「……啊啊，果然是這個啊。」

「老師，那是什麼？」

聽我這麼問，老師說：

「……是聖杯的碎片。正牌聖杯的。」

『——！』

聽了老師的報告，全「D×D」都震驚不已！不，這樣當然會吃驚啊！真正的聖杯的碎片耶！真的假的？

老師向史特拉達確認：

「沒錯吧，史特拉達？」

史特拉達默默點了頭。接著，史特拉達看向莉雅絲和木場。

「還有，莉雅絲・吉蒙里的『騎士(knight)』啊——以賽亞，我聽說你還待在設施裡的時候，大家都是這麼叫你的啊。」

聽見這個名字，木場顯得非常驚訝。

「——！……你怎麼會知道這件事？」

以賽亞……木場還在設施裡的時候，用的是這個名字啊？連我們都沒聽那個傢伙說過這件事耶。

史特拉達繼續說：

「在反覆進行的實驗之中，有好幾個孩子再也沒有回到設施，但這並不表示所有人都已經喪命——其中，存在著唯一一名例外。托斯卡，這個名字你還記得嗎？」

木場一驚，瞪大了雙眼，然後接連點了好幾下頭。

史特拉達對部下使了個眼色。然後，一名少女就從戰士們之間走了出來。是個將一頭白髮編成辮子，年約十二三歲的小女孩。

她一看見木場，便像是要壓抑湧上心頭的情緒似地搗著嘴。

「……以賽亞？」

少女問了這麼一句。木場甚為驚訝，淚水也接著滑過他的臉頰。

「…………！怎、怎麼會，這、這怎麼可能……！妳是……托斯卡嗎……？」

「……嗯。」

史特拉達對說不出話的木場和我們說：

「唯一的例外，是個擁有堅固的結界型神器（sacred gear）的小女孩。她的神器（sacred gear）在實驗過程之中覺醒，使得巴爾帕等人也無法對她怎麼樣。即使持有者陷入了假死狀態，能力依然沒有解除，研究員們迫於無奈，也只能將她藏在設施的密室深處。我們在放逐巴爾帕之後搜索了整個設施，找到了她，但就連我們也無法解除結界。然而，在同盟之後，運用了來自墮天使陣營的技術，總算是成功將其解除。」

……竟然還活著！木場的同志還有一個人活著！而且是被教會的人帶了回去！

史特拉達說：

「或許是因為一直在結界當中呈現假死狀態的關係，她的成長停擺，身體也變得非常虛弱。我們花了很多時間，才能把她帶到這個國家來。」

少女走到木場身邊，伸手摸了摸他的臉。

「以賽亞，你都長得這麼大了呢……我卻還是和那個時候一樣。」

少女踮著腳尖仰望木場。木場牽起她的手，涕泗縱橫地搖了搖頭。

「……沒關係。沒關係的…………真的沒關係。」

跨越了時空，重逢的兩人終於相擁——

「太好了。幸好以賽亞還活著。」

「——！…………啊啊，這樣啊……確實是這樣…………妳也是、你們也是、我也是……這才是……我們的一切……！——活著，才是我們的一切！」

…………

……我和夥伴們都說不出話來，只能含淚看著兩人的重逢。

……木場，真是太好了。你一直活到今天是有價值、有意義的！正因為活到今天，你才能夠和那個女孩重逢！沒錯，只要活著就是萬幸了！只要活著，開心地過著生活就好了！光是這樣……就夠了！

那些孩子們，從來沒有想過要復仇啊！

史特拉達看著這一切光景說：

「你就把她帶走吧。要是讓她待在教會裡，或許會有人想利用她。」

和少女相擁的木場說：

「史特拉達大人……我……」

史特拉達搖搖頭說：

「你千萬不能原諒我，騎士（knight）啊。要是原諒了我，你必定失去你的銳利度。夾在聖與魔之間，才是你的力量根源。」

「史特拉達大人……」

老爺爺也在潔諾薇亞頭上亂摸了一陣。

「戰士潔諾薇亞啊。妳和赤龍帝小子一起戰鬥的模樣……真是太優雅了——放膽去愛吧，少女潔諾薇亞。杜蘭朵對愛是寬容的。」

留下這句話，史特拉達便為了接受審問，走向轉移型魔法陣。

——我趕緊叫住老爺爺這麼問！

「等一下！……你打從一開始，就是準備好寫給愛西亞的信、木場的同志，還有聖杯的碎片，才挑起這場戰鬥的嗎？」

史特拉達什麼都沒說，只是在他滿是皺紋的臉上堆起笑容，將右拳朝天高高舉起。

在老爺爺消失在轉移之光當中的同時——我只能看著他寬大的背目送他。

瓦斯科·史特拉達——教會戰士之父——

愛西亞、木場、潔諾薇亞，在自己與教會之間不住苦惱的人們。而這位身為力量體現者的樞機，則是準備好足以回報他們的事物，才現身在戰場上——

真是個偉大至極的男人——

在那場戰鬥之後，過了幾天——也是蕾維兒出發前往冥界的隔天。

學生會選舉的重頭戲，也就是候選人政見發表的這天終於來臨！

全校學生都在體育館集合，聽候選人做最後的政見發表演說，最後逐一投票。

對潔諾薇亞而言，這是最重要的一刻。

好了，候選人們一一完成演說之後，輪到參選副會長的匙上台了！

『呃——我之所以參選學生會的副會長，是因為——』

匙透過麥克風演講，內容相當四平八穩。那個傢伙中規中矩的，這樣的演說確實很有他的風格。同學們的反應也不差。

「喲！運動社團的希望之星！」

底下還有人如此喧鬧，惹得哄堂大笑，不過大致上來說算是值得稱讚的演說。

『——也因為這樣，我打算繼承支取前會長的方針，同時以因時制宜的方式經營學生會。運動社團的各位。尤其是男生！就算你們投票給我，如果你們不聽我的話，我還是會很傷腦筋，所以要是我當選了，至少三個要求之中請遵守兩個。』

直到最後都為同學們帶來笑聲的匙結束了演講。喔喔，同學們的反應都不錯嘛。這下應該鐵定當選了吧。

接下來終於輪到學生會長候選人的演說了。

『接下來是學生會長候選人的演說。花戒桃同學，請發表。』

坐在台上的花戒被叫到名字之後站了起來，站到麥克風前面，平靜地開口：

『我之所以參選學生會會長的理由——是因為在前會長，支取蒼那學姊身邊看著學姊所作所為，而想繼承前會長的意志，同時和大家一起創造新的駒王學園。』

她的演講內容相當理性，毫無停頓。演講技巧之高明，讓所有同學全都聽得非常專注。

花戒老實說出在蒼那前會長身邊看了這麼久所得到的感受、心得，接著以簡潔易懂的方式對同學們闡述自己從中看見的新世代學生會的定位，以及駒王學園的新願景。演講當中可以感受到花戒有多麼愛學生會，非常完美。

『——以上是我，花戒桃提出的新駒王學園學生會應有的樣貌。懇請各位同學多多支持。』

同學們的掌聲也很大。

……大家都聽得非常專心，專心到現場都變得鴉雀無聲了……以現狀來說，花戒很可能把票都拿走！

接著，最後一位坐在台上的同學站起來了——

『最後是同樣參選學生會長的潔諾薇亞同學，請發表。』

是潔諾薇亞！而且還是壓軸！哇啊——就連不是站在麥克風前的我都開始緊張了！

「潔諾薇亞沒問題吧！」

「就、就算演講的時候出了什麼糗，我這票還是潔諾薇亞的！」

坐在我兩旁的松田和元濱也不知道在緊張什麼。

……其實，我昨天晚上看過潔諾薇亞今天要演講的內容。內容算是無懈可擊。因為有愛西亞、伊莉娜、桐生的幫忙，內容簡單扼要又漂亮，淺顯易懂。

——不過，那總讓我覺得看不出潔諾薇亞的風格。

那個傢伙……應該有更像是自己風格的，只有潔諾薇亞才會說的話才對吧。

帶著這樣的感覺，我靜待潔諾薇亞站到麥克風前。

終於站到麥克風前面之後，潔諾薇亞以視線掃過全校學生。她從懷裡拿出講稿，準備開始唸——然而，潔諾薇亞才剛張開嘴，又稍微想了一下，然後把稿子收了起來。

接著，潔諾薇亞順了順呼吸，開始訴說：

『……我一直到這個年紀，都是在教會的關係設施當中長大，是個不諳世事的人。在就讀這所學校之前，一直都沒當過學生。以這個國家的教育觀念來說，我有整整十年沒有接受學校教育，而是待在教會裡學習。』

對於出乎意料的演說內容，同學們在台下開始議論紛紛，但潔諾薇亞依然繼續說：

『我之所以參選學生會長，起初是因為在這所學園裡的生活很開心。這裡是我有生以來第一次就讀的學校。在學校裡，我從來不曾感到無聊。各式各樣的課業、下課時間和同班同學閒聊、神祕學研究社的社團活動、運動會及校慶等學校行事、京都的教學旅行，全部都是那麼新鮮，讓我打從心底感到開心。我不太知道該怎麼表達，不過我想，我非常喜歡這所學校。我總覺得，世界上怎麼可以有這麼有趣的地方。然後，我也由衷感謝這所學校的各位同學，總是幫忙這樣的我。我是個對校園生活一無所知、不諳世事的人，大家還願意和我好好相處，真的非常謝謝大家。所以，我參選學生會長的理由之一，也是為了報答這所學校，還有就讀這所學校的各位。』

這樣的內容，聽起來一點也不像是學生會長候選人的政見發表，頂多只能算是個人對學校的感想罷了。儘管如此，同學們還是全部都聽得很認真。沒有任何一個人尋他開心，或是充耳不聞。

『我想在駒王學園這裡留下一些痕跡。有生以來第一次就讀的學校、第一次體驗校園生活，這裡教會了我如此貴重的事情，所以我很想在這裡留下我曾經存在的證據。那就是，當上學生會長，為了學校、為了就讀這所學校的大家盡心盡力。或許有點單純，但這樣的想法在我心中油然而生。要是我當上學生會長，肯定會和支取前會長的風格完全不同，可能也會有很多做不好的地方。不過，要是大家有這種感覺的話千萬別客氣，儘管來找我抱怨。來找我抒發不滿，而我也會全力回應你們！要是碰上什麼麻煩，都可以來找我幫忙！我一定會出手相救！到時候我會好好利用學生會長這個立場，絕對會好好保護就讀這所學校的大家！這一年當中，這所學校和各位同學給了我的快樂足以補足沒能上學的那十年的份。正因為如此，剩下的一年我想盡全力保護這所學校，保護各位同學！想讓駒王學園變成受到大家喜愛的學校！』

任何人都聽得出，這是她用盡全力、發自內心的訴求。只要看見潔諾薇亞那麼拚命地想要透過麥克風傳達自己的想法，任何人都看得出她說的是真心話吧——

最後，潔諾薇亞帶著笑容說：

『大家，和我一起把駒王學園變得更快樂……不，是我想把駒王學園變得更快樂。所以，還請各位多多支持我。』

潔諾薇亞一鞠躬——獲得了特大的聲援和鼓掌。

「唔喔喔喔喔喔喔喔喔喔喔喔喔喔喔喔喔喔喔喔喔喔喔喔！」

「潔諾薇亞——！太棒了——！」

「全靠妳了，潔諾薇亞同學——！」

「太帥了！潔諾薇亞學姊——！」

「我這票投給妳了啦！耶——！」

聲援的音量大到前所未見。即使老師要大家「安靜！保持肅靜！」，興奮不已的同學們依然熱意不減——

花戒表達的是對學生會的愛。而相較之下，潔諾薇亞——則是以對同學們及學園的愛貫徹到底。兩人的演說有著如此顯著的對比。

仔細一看，愛西亞和伊莉娜以及桐生——也都因為潔諾薇亞的演講而哭著鼓掌。

演講結束，也完成了投票之後，我正準備離開體育館時，看見了一個熟悉的人影。我追上去一看——果然是葛莉賽達修女。

正在以手帕擦拭眼角的她，似乎察覺到走向她的我。

「……葛莉賽達修女，妳來了啊。」

「……是啊，年紀都這麼大了，我居然還因為那個孩子的演講而哭出來……真是的，我的淚腺變得好脆弱啊。」

依然止不住淚水的葛莉賽達修女接著說：

「……那個總是板著臉，無論面對誰都氣沖沖的『斬擊公主』，竟然會露出那麼燦爛的笑容……」

「她的演講非常不錯。」

我說出最真實的感想，修女便自豪地微笑著說：

「——她是我最引以為傲的『妹妹』嘛。」

這時，潔諾薇亞也現身了。

「啊，一誠。還有葛莉賽達修女！妳來了啊！」

「我說妳啊，現在離開體育館沒問題嗎？」

「我來呼吸一下外面的新鮮空氣嘛。」

我一問，她便爽朗地如此回答。

然後潔諾薇亞挽住我的手，對葛莉賽達修女說：

「對了，正好！趁這個機會說一下好了！修女，我也想私下使用米迦勒大人送給伊莉娜的那個房間，妳覺得怎樣？」

——！這、這個女孩是怎樣——！才剛完成那麼感人的演講，結果現在卻冒出這種發言！

至於修女本人——剛才的感動全都沒了！青筋在她的太陽穴上跳動，修女帶著充滿震撼力的笑容，以雙手抓住潔諾薇亞的臉！

「……妳這個孩子！把我的感動還來！」

「……啊嗚嗚嗚！可、可是，我想說這種事情應該先向『像姊姊一樣』的修女報備才對嘛……」

「夠了，真是個麻煩的『妹妹』！」

哈哈哈，該怎麼說呢，潔諾薇亞果然還是潔諾薇亞。

從這天開始，潔諾薇亞——冠上了修女的「夸塔」這個姓氏。正如葛莉賽達修女重新認知到自己把她當成「妹妹」看待，潔諾薇亞也再次確認了修女就像自己的「姊姊」吧。

於是，過了幾天，學生會選舉的結果公布了——

除了學生會長以外的幹部大致上都是順利當選，而最受矚目的會長之戰——則是以些微的差距分出了勝負。

知道結果之後，花戒帶著微笑這麼說——

「我覺得這樣的結果很好啊。這樣才有駒王學園的風格嘛。」

駒王學園新學生會幹部

學生會長／潔諾薇亞・夸塔（二年級）

副會長／匙元士郎（二年級）

書記／巡巴柄（二年級）、加茂忠美（二年級）、百鬼黃龍（一年級）

會計／草下憐耶（二年級）、仁村留流子（一年級）、蜜拉卡・沃登堡（一年級）

To be continued...

就在我們為潔諾薇亞舉辦當選學生會長的慶祝派對那天。

當天，在熱熱鬧鬧地大肆慶祝一番之後，神祕學研究社的所有人都集合到阿撒塞勒老師的研究實驗室去。

老師剛才稍微提了一下把我們叫過來實驗室的理由……內容相當驚人！

來到實驗室深處，經過管理嚴密的重重閘門之後，我們來到受到隔離的加護病房前面。隔著玻璃，可以看見身上接了無數儀器的瓦雷莉・采佩什。被邪惡之樹搶走的聖杯還沒回到她身上，所以她依然昏迷不醒。

有兩個人已經在加護病房裡面了——是加斯帕和阿撒塞勒老師。陪在瓦雷莉身邊的加斯帕輕輕撫摸心愛的恩人的頭髮。聽說加斯帕每兩天就會一個人跑來這裡，對著睡夢中的她訴說每天發生的事情。他們兩個人好不容易才重逢……明明近在咫尺，感覺卻是那麼遙遠，那個傢伙曾經一臉落寞地這麼表示。

阿撒塞勒老師將手上的公事包放在置物架上打開，拿出裡面的東西。

是以某種碎片為中心打造的項鍊——

那個碎片——是日前瓦斯科．史特拉達交給我們的，真正的聖杯的碎片。沒錯，老師今天把我們叫來這裡的理由……就是要用真正的聖杯的碎片喚醒瓦雷莉！剛才聽老師這麼報告，我們真的嚇到了！那個肌肉老爺爺給我們的聖杯碎片竟然可以有這種功效……

使用碎片打造出項鍊的是神子監視者。老師拿著那條項鍊，走到躺在床上的瓦雷莉身邊。

透過揚聲器，我們也聽得見室內的對話。

『……這樣真的可以讓瓦雷莉醒過來嗎？』

眼中含淚的加斯帕這麼問老師。

老師露出溫柔的笑容說：

『嗯，這算是這個女孩所缺少的聖杯的代用品吧。這可是以真正的聖杯的碎片打造的項鍊，只要戴上這個，應該——』

老師輕輕將項鍊掛了上去。就在眾人觀望了一陣子之後——

『…………唔。』

瓦雷莉口中冒出疑似人聲的聲響！我們繼續看了下去，雖然相當緩慢，但她的雙眼逐漸睜開了！望著天花板的瓦雷莉，燈光似乎讓她瞬間覺得有點刺眼。

『……唔——嗯…………啊啊……奇怪……？』

意識似乎也逐漸清醒了。加斯帕把臉湊到她的面前。他的臉——已經哭成一塌糊塗了。

儘管如此，加斯帕還是帶著最燦爛的笑容問：

『……瓦雷莉，妳認得我嗎？是我喔。』

加斯帕牽著她的手，而瓦雷莉也對他露出微笑說：

『…………哎呀，這不是加斯帕嗎。早安。』

聽起來有點傻愣的口吻——和我們在吸血鬼的國度遇見的瓦雷莉・采佩什一模一樣。

『瓦雷莉……瓦雷莉————！』

情緒忍不住爆發的加斯帕喊著瓦雷莉的名字，趴到她胸前大哭。

他肯定很想再次遇見她。他肯定很想再次和她說話。因為，他想要拯救的她都已經近在眼前了——她卻失去了意識。

瓦雷莉溫柔地撫摸在她胸前哭泣的加斯帕說：

『呵呵，加斯帕真是的，怎麼啦？你還是這麼愛哭呢。』

…………我……只能一邊看著，一邊任憑感動的淚水不斷湧現。不過，太好了！真是太好了！沒想到竟然可以靠這種方法讓她醒過來！仔細一看，眷屬們也都看著加斯帕和瓦雷莉的重逢嚎啕大哭。

是啊，我懂！真是太好了，阿加！已經沒有人可以妨礙你們了！怎麼可以有這種人呢！要是有這種人的話，我、加斯帕、大家，絕對都不會原諒他！

看著他們兩個，老師也放心地鬆了一口氣。

『幸好一切順利，這也算是賭注一場呢。以緊急應變措施而言，這算是相當成功吧？』

老師對抬起頭來的加斯帕說：

『聽好了，加斯帕。這幾點你千萬要注意。首先，她必須隨時帶著那條項鍊。要是拿下來了，我也無法保證她會發生什麼事。還有，在搶回邪惡之樹拿走的聖杯之前，別讓瓦雷莉到外面去。等一下我會立刻在兵藤家附近──連同你和木場住的公寓在內的那一帶，張設特別的結界。也就是說，只要她帶著項鍊，而且沒有離開那一帶，就可以維持現狀。』

原來如此，現在的覺醒只是暫時性的，必須確實奪回她原本的聖杯，才能讓她得到真正的自由啊。然後，老師會在我家附近張設特殊的結界，讓她能夠安全行動。

莉雅絲隔著玻璃對人在加護病房裡的老師說：

「……史特拉達大人在下戰帖的同時，也為我們帶來了有所幫助的東西呢。」

『那個男人就是這樣。他只是想要一個可以把東西給我們的理由吧。他是用拳頭表達一切的那種類型。在排除武裝政變派的不滿的同時，也不忘顧慮我們。他就是這種男人。』

……愛西亞、木場、潔諾薇亞，就連加斯帕也因為史特拉達老爺爺的用心而得到了救

瀆。那個老爺爺……是做好如此萬全的準備才踏上這塊土地的啊。

老師說：

『……我想，這應該算是保險吧。』

「保險？」

在我這麼問之後，老師繼續說了下去：

『要是在最糟糕的情況下，我們沒辦法搶回邪惡之樹手上的瓦雷莉的聖杯的話，現在也多了破壞聖杯這個選項……總比繼續被那些傢伙濫用來得好。』

也對，還是有這種可能性。雖然想搶回來，但要是面臨拯救世界或是搶回聖杯的抉擇的話……我當然是非常想搶回來，要是真的面臨這種抉擇也會死命掙扎到最後吧。不過，這種狀況確實會讓某些人顧慮到最壞的打算。

老師低吟了一下說：

『不過，邪惡之樹那群人確實很可能拿瓦雷莉的聖杯當成擋箭牌。史特拉達那個傢伙，還真了解敵人的手法。對於我們在敵人這麼做的時候會怎麼想也很清楚。』

擋箭牌啊。是啊，李澤維姆那個混帳肯定會開心地這麼做吧。而史特拉達也預料到這種狀況了。

「也就是說，教會高層之所以提供了聖杯的碎片給我們，是為了在面臨瓦雷莉的聖杯被拿來當成擋箭牌的時候，能夠讓我們少點猶豫囉。」

——莉雅絲這麼說。

『沒錯，就是這樣，莉雅絲。比起讓「D×D」成員的決心動搖的危險，提供聖遺物(relic)，也就是真正的聖杯的一塊碎片也不算什麼。史特拉達他們大概是這麼認為吧。不過，要是在前線作戰的你們因為瓦雷莉的聖杯被拿來當成擋箭牌，結果導致世界毀滅的話，自然也顧不了聖杯了。』

比起擔心為了各神話體系而在前線與邪惡之樹對戰的我們，真正的聖杯的碎片也不算什麼了是吧。

「他是想盡可能為我們消除不安要素吧。老實說，這對我們的心情是真的有相當大的正面影響。」

羅絲薇瑟也對史特拉達老爺爺的做法相當佩服。

「祐斗學長的同志也好，這個聖杯碎片也罷，為了將這些東西交給我們，他才利用了武裝政變，並當作是為了發動武裝政變致歉而送上這些……」

聽小貓這麼說，木場閉上眼睛。

「……為了把這些交給我們，故意背了黑鍋啊。雖然做法很強硬，但在666(trihexa)復活的危險加劇的現在，再加上李澤維姆的煽動，或許也只有這個時機了……」

『聖杯的碎片和「聖劍計畫」的倖存者，都是教會內部的機密事項。他們總不能平白無故交給我們吧。畢竟他們長年以來都和惡魔、墮天使激烈交戰。利用教會的內亂轉交給我們——史特拉達還真會耍心機啊。』

老師以傻眼的口吻這麼說，但聲音聽起來卻有點佩服。

真正的聖杯的碎片是那麼重要的東西，要是想交給原本敵對的惡魔或是吸血鬼的話，肯定會有複雜的狀況和想法在教會內部交錯，難免也會冒出不滿的聲音吧。

至於史特拉達老爺爺，經過審問之後，他好像和伊瓦德・克里斯托迪一起入獄了……據說他們毫不辯解，默默接受了裁決。三大勢力的領導階級似乎認為應該將他們的訴求納入考量，所以武裝政變也不算是白費吧……不過，他們應該還是得接受一些懲罰……

我搖了搖頭，轉換心情。

「不過，就算是這樣，我還是只打算搶回瓦雷莉的聖杯。」

我如此強力宣言。那當然了，被搶走的東西就是要搶回來啊。

大家也都異口同聲地表示「那當然了」，紛紛贊同我的意見。

忽然，老師這麼問木場：

『——對了，木場啊。你和剛重逢的同志怎樣啊？』

老師是指托斯卡吧。木場一臉靦腆地說：

「這、這個嘛……總之，我先把這幾年發生的事情和駒王町是個怎樣的地方告訴了她，也介紹了大家。她應該還有很多不了解的事情，所以我會和大家一起教她。」

沒錯，托斯卡最近經常往來木場住的公寓和兵藤家，開始學習各種事情。從沒離開過教會設施的她，面臨了許多文化衝擊，有過同樣經歷的愛西亞和潔諾薇亞也在這方面協助她。不過，她應該還是得先從日文學起吧。

至於木場——他似乎真的擺脫了所有陰霾，表情變得相當溫和……我原本還在擔心這個傢伙需要有個容納他的劍鞘，看來這下也有了呢。木場也說過，他已經下定決心要一輩子保護她。

如此一來，要擔心的就是真羅學姊了……不過真羅學姊似乎還沒放棄。

「有、有情敵也不算什麼！反正本來就得先打敗兵藤同學才行！」

——還充滿鬥志地如此表示。把我也當成情敵了嗎？真是的，拜託饒了我吧，真羅學姊！

這時，老師忽然這麼說：

『……呼——幾經波折之後，我擔心的事情也一件一件消失了呢。再來就只等你們成長到足以打倒邪惡之樹了吧。』

老師對我們有所期待呢！請你再等我們一下囉！對方也是一堆強敵，光是準備就得吃盡苦頭了！

——這時，朱乃學姊突然察覺到有人連絡，便在設施的地板上展開連絡用的魔法陣。投影出來的人是蒼那前會長。

她的臉上充滿了緊張的神情。

『莉雅絲，妳現在有空嗎？』

「怎麼了，蒼那？怎麼突然這麼急著連絡我……」

『關於萊薩．菲尼克斯的比賽……』

「這麼說來，結果也差不多該出來了才對吧？」

沒錯，蕾維兒事先連絡過我，說比賽是今天。

然而，蒼那前會長的表情只是越來越緊繃。

『…………』

「……蒼那？」

莉雅絲不解地這麼問，終於讓蒼那前會長打破了沉默。

『萊薩．菲尼克斯，還有蕾維兒同學——』

這麼一句話，蘊含了所有凶險——

Top Secret.

紀錄於此的影像，是在事件之後，僅限部分相關人士閱覽的最高機密。

這是由迪豪瑟·彼列主辦的排名遊戲活動企畫「冠軍十大賽」的紀錄影片。

事件發生在第三場比賽。迪豪瑟·彼列的對手，是菲尼克斯家的三男——萊薩·菲尼克斯。遊戲的戰鬥領域，設定為位於地下深處的古代遺跡。

影片當中有部分雜訊，請見諒。

比賽開始之後三十分鐘的排名遊戲戰況。眷屬們接連倒下，決定自己出馬的萊薩·菲尼克斯，闖進了戰鬥領域——遺跡邊緣一處內部為巨蛋型空間的洞窟。那裡是攝影機拍攝不到的地方，記錄了這段影片的不是轉播用的攝影機，而是為了「監視用」而準備的隱藏式攝影機所拍下。

進入洞窟的，有萊薩·菲尼克斯以及其胞妹，「主教（bishop）」蕾維兒·菲尼克斯。

兩人來到洞窟中央、巨蛋型的開闊處時，冠軍迪豪瑟·彼列已經在此等待他們。

萊薩看見冠軍便這麼說：

『迪豪瑟大人，我由衷感謝這場好比賽。我剩下的眷屬，只有舍妹這位「主教(bishop)」。我的敗北已成定局。我自知僭越，但想在最後進行「國王(king)」與「國王(king)」的一對一決鬥，因此來到此地。』

萊薩的表情顯得相當勇猛。

『兄長大人，您的想法簡直和一誠先生一樣，顯然已經受到影響了呢。』

『吵、吵死了！我只是因為「國王(king)」與「國王(king)」之戰最能讓觀眾興奮起來罷了！是出自服務觀眾的精神！』

『好啦好啦。』

兩兄妹如此閒聊。然而，冠軍露出耐人尋味的笑容說：

『好比賽啊……萊薩．菲尼克斯大人，您所謂的好比賽……指的是什麼？』

萊薩露出納悶的表情。

冠軍繼續說了下去：

『是指從頭到尾都巧妙地運用戰術、以絕對的比賽情勢壓倒對手，還是在最後的最後展開大逆轉，或者是勢均力敵的雙方使出全力，並贏得勝利呢？我自認……在漫長的遊戲生涯當中，已經享受過以上所有內容了。』

說到這裡，冠軍搖了搖頭。

『……不，我說謊了。除了壓倒對手以外的比賽，我全都只是演出那樣的內容。只是事先想好逆轉勝、勢均力敵的戰鬥該是如何，然後讓比賽如此發展罷了。』

萊薩顯得相當困惑。

『……迪豪瑟大人，我完全不知道您的言下之意是什麼。』

『……萊薩大人，有生以來，我從來沒輸過。沒有辦不到的事情。總是心想事成。在這個名為排名遊戲的消遣當中也不曾輸過。』

『迪豪瑟大人，我無法推知您真正的意圖……不過……有件事我想請教您。為什麼，您要對我說這些？您吐露心聲的這番話，對這場比賽而言是必要的嗎？』

『……您想說我在掃興是吧。不，您說的沒錯。這樣是很掃興。對於排名遊戲選手而言，將多餘的事物帶進神聖的遊戲之中只是一種侮蔑。身為冠軍，我現在的所作所為卻正是如此。我還真是個不稱職的冠軍啊。』

冠軍搖了搖頭，身上的氣焰開始翻騰。

冠軍向前伸出手，準備發射出龐大的魔力彈。

蕾維兒．菲尼克斯似乎察覺到什麼，站上前去掩護身為「國王(king)」的胞兄。

『兄長大人！請退開！這位大人發出的氣焰──』

魔力長槍突然從旁射出，貫穿了蕾維兒．菲尼克斯的腹部。冠軍手上的魔力似乎只是虛晃一招。

蕾維兒．菲尼克斯受到了致命傷。血液從腹部流出。

然而，即使受了致命傷，遊戲系統當中的緊急淘汰轉移卻沒有發動。

不死鳥的特性沒有發揮作用。萊薩走向躺在地上，變得動也不動的胞妹，並抱起她。

『……蕾維兒？』

萊薩叫了他的妹妹，蕾維兒卻沒有回答，整個人癱軟無力。

冠軍搖搖頭說：

『……即使是不死之身，在我的特性「無價值」之前，也只能說是未必如此了。而且這個洞窟設有特殊的結界，既不會發動轉移，外面也不知道這裡發生了什麼事情。』

彼列家的特性是「無價值」。如同名稱所示，能夠將對手的特性暫時轉變為「無價值」而無意義的東西。

以此例而言，冠軍將菲尼克斯家的特性「不死之身」轉變為「無價值」，消除了蕾維兒．菲尼克斯的再生能力。

另外一點，正如冠軍所說，在這個時間點該洞窟張設著奇異的結界。然而，此時還沒有任何人察覺到此弊端。

『……………………』

萊薩說不出話來，身體因憤怒而顫抖。

『……該死。該死。該死的……迪豪瑟————！』

萊薩因憤怒而狂吼。冠軍只是面無表情地看著他。

冠軍對萊薩說：

『萊薩．菲尼克斯大人，您不覺得很奇怪嗎？為什麼「惡魔棋子(evil piece)」當中「——」的「——」呢？「士兵(pawn)」有八，「騎士(knight)」、「主教(bishop)」、「城堡(rook)」各為二，然後是「皇后(queen)」。原本應該有的「——」，卻變成由獲得棋子的人「——」。』

冠軍從懷裡拿出某樣東西。由於屬於機密事項，部分聲音經過變造。

關於冠軍手上的東西，影像同樣經過變造。這也屬於機密事項。

『——那是……』

萊薩這麼問，冠軍便將手上的東西地給他看，同時說：

『「——」的「——」，製作了「惡魔棋子(evil piece)」的阿傑卡．別西卜魔王並不是沒有作出來。他作了。作出來之後才將這個的製造方法完全消除。這個「——」，並非沒有相關傳聞。經過加油添醋之後，這個「——」的「——」成了都市傳說、流言一類的話題，在喜好八卦的惡魔之間是相當有名的話題。我的親戚當中，有個年輕女孩很喜歡流言、八卦。我的親戚「——」碰巧得到了日本的地盤，又碰巧發現阿傑卡．別西卜陛下藏身在附近的城鎮。於是她——』

屬於最重要機密事項的部分經過多重聲音變造。此外，「於是她」以下的內容同屬最重要機密事項，聲音做了更為嚴密的變造。

『這個「——」只有一個。得到這個的人，可以完全「——」。沒錯，不再是「——」或「——」，能夠「——」為大幅超脫種族範疇的「——」。阿傑卡．別西卜陛下的才能實在太過於卓越了。』

『……您想拿那個東西來做什麼？』

萊薩這麼問。

『您不需要知道這個。』

冠軍對萊薩發出魔力。此時影像受到干擾，看不見清楚的畫面。幾秒鐘之後再次拍攝到清晰的畫面時，萊薩已經和蕾維兒．菲尼克斯一起倒在地上。兩人毫無任何動作。

此時洞窟內起了變化。隨著一陣藍光，轉移魔法陣出現在洞窟之中。

魔法陣當中冒出巨大的生物。冠軍見狀，發出感嘆之聲。

『——我聽過這個流言。據說在排名遊戲中，若是發生了預料之外的事象，或是以帶有惡意的方式進行遊戲，就會暗中進行適當的處置。』

『還真敢講啊。你是故意把我叫來這裡的吧？』

長著蒼藍鱗片的巨大生物——那隻龍如此問冠軍。

『——鱗片有如蒼穹的龍之女王，天魔業龍（Chaos Karma Dragon）迪亞馬特。排名遊戲的地下裁判，也是真正的管理者之一……』

在排名遊戲的官方比賽以及特別比賽當中，若是發生超出營運方面預測的事態，將執行各種緊急應變措施。大致上來說是以對該選手進行強制轉移的方式試圖收拾事態，但若是在無法這麼做的情況下，將由特別的裁判介入比賽，處理狀況。大約從一百五十年前起，負責這個工作的就是五大龍王之一——天魔業龍（Chaos Karma Dragon）迪亞馬特。不過，這種事態是極為罕見的案例，過去也只發生過兩次。

那隻龍——迪亞馬特對冠軍擺出攻擊姿勢。

『別怪我。基於與盟友阿傑卡·別西卜的盟約，我處於導正遊戲弊端的立場。』

『號稱龍王最強的妳，居然為他盡忠啊。』

『別這麼說，這只是報答阿傑卡的恩情罷了。我不受任何人指使，也不侍奉任何人。』

『她說的沒錯。她只是在我經營的各種遊戲當中都擔任重要職位罷了，冠軍彼列大人。』

第三者的聲音響起。洞窟內再次亮起轉移之光。從魔法陣當中現身的，是阿傑卡·別西卜魔王。

迪亞馬特沒好氣地對阿傑卡・別西卜說：

『——沒想到你會直接介入。看來這件事非常嚴重呢。』

『畢竟那不是可以讓瑟傑克斯和巴力老太爺看到的東西。』

冠軍問候了魔王。

『我真是倍感榮幸，超越者——魔王阿傑卡陛下。我明白，阿傑卡陛下，您來到這裡的理由，就是——』

緊接在迪豪瑟・彼列的話語之後，阿傑卡・別西卜開了口。瞬間——影像突然結束。

是的，影像就在這裡中斷了。

後記

大家好，我是石踏。如同事先說好的，第四章依序以蕾維兒↓加斯帕↓羅絲薇瑟↓伊莉娜↓潔諾薇亞為主要女角（再加上其他要素）加以延伸。

呼——終於能夠進一步描寫後發組的故事，應該也更確立了她們身為主要女角的地位了吧。明明是很早期就在作品當中登場的角色，卻在過了好幾年之後才總算成為主要女角，真是非常抱歉。我由衷感謝一路支持我至今的各位讀者。

那麼，接下來就進入第十九集的解說吧。

・關於潔諾薇亞

我原本還在猶豫該幫她點可愛度，還是該幫她點帥氣度，最後還是決定挑戰後者。一方面她的目標是當上學生會長，一方面她也必須超越前任的杜蘭朵持有者，所以我讓她找到的解答很有她的風格，而且強而有力。能夠著墨到她和葛莉賽達的關係也很不錯。故事當中描寫了兩人有如姊妹般的互動，責編對此也有不錯的評價。

但是，最難寫的部分就屬演講內容了。怎樣的演講內容才像個學生，而且又要有潔諾薇亞的風格呢？這讓我想了很久。不過，這也不是政治家的選舉，所以我決定不講什麼太複雜的道理，寫出了很有她的風格，並不過度矯情的內容。

不過，說起潔諾薇亞會長帶領的新一代學生會，就連作者自己也是光想像就覺得興奮不已。還有愛西亞社長的新一代神祕學研究社也是，敬請期待。

・木場與加斯帕以及杜利歐

意外的，在最後決戰之前依然抱持著陰霾以及煩惱的，就屬木場和加斯帕了。如果不在某種程度上幫他們解決的話，說不定會在最重要的關頭過度逞強，作者本身也對此相當擔心。由於和兩人有關的事情都和教會也有關聯，這次就利用史特拉達樞機做了相當程度的了斷。吉蒙里的男生就是需要一個可以保護的女生。

然後是杜利歐。從上一集開始，他就很有隊長風範，在前線大放異彩。他也是個比一誠還要天真的人。我一直覺得他是個很適合泡泡的角色，所以配合他的個性，幫他創造了一個使用泡泡的招式。

・教會的兩大巨頭

這次有三名教會的高級幹部登場，其中最為鮮明的，就是伊瓦德・克里斯托迪和瓦斯科・史特拉達了吧。由於這次想寫的是和聖劍有關的故事，自然必須提到王者之劍和杜蘭朵的使用者。於是兩位使用這兩把聖劍的高手就此誕生。

這次我挑選的主題是「D×D」小隊對上人類，算是有點沉重，但要是搞得太過沉重的話又怕發展成過於陰鬱的故事，那就不像這部作品了，所以選擇設定為「來自超人級前任聖劍持有者的挑戰」這樣簡單易懂的故事。如此一來，史特拉達樞機的角色設定便自然而然完成了，是個體現出「力量才是真正的強大」的豪邁老爺爺。如果克里斯托的和史特拉達拿到了正牌聖劍的話……又或者是處於全盛時期的話……正因為是客串演出，才能夠採用這麼勉強的設定吧。

其實，因為這一集的故事和教會有關，原本有個點子是用聖杯讓弗利德復活，然後讓他和邪龍合體，大鬧一場。不過那個傢伙都已經完全退場了，所以決定還是讓他平靜地長眠。

・關於Top Secret.

這一集的最後一章（排名遊戲的監視器紀錄畫面）……正如各位看到的，裡面藏了相當重大的祕密。

最後一位龍王迪亞馬特也終於現身。然後，蕾維兒和萊薩的下場會是如何呢？此外也留下了迪豪瑟的台詞、阿傑卡登場等伏筆，各位可以在等待下一集上市的時候試著預測，並想像看看。

下一集開始，第四章也將進入高潮，最終決戰即將開始。除了交代之前的伏筆之外，剩下的強敵──傳奇邪龍等等也將登場，敬請期待。此外，為了深入描寫和李澤維姆之間的關係，下一集將會是瓦利的集數。

話說回來，上一本的天界篇和這一本的教會戰士篇，照理來說應該在第四集的三大勢力和議之後，緊接著在第五到七集之間描寫的設定，卻拖到十八、十九集，集數都已經變成兩位數了才寫到……天使和教會明明就是一開始就有的最根本的設定啊。這個部分是非常需要反省的地方。

接下來是答謝部分。總是非常照顧我的みやま零老師、責任編輯H先生。或許是因為工作量大增的關係，我每次原稿完成時間都變得越來越慢，給你們添了不少麻煩。在此也向各位相關工作人員深深致歉。我會拚命寫下去！

那麼，接下來終於要進入第二十集──不過，在那之前，將會推出名為《惡魔高校D×DDX》的新系列！這是只收錄D×D短篇的系列，都是因為有各位讀者的支持，終於讓短篇獨立發展為新系列了。今後，Ｄ×Ｄ將由本篇與ＤＸ（短篇集）分頭發展。這樣一來，或許就可以把許多未集結成書的短篇都收錄進來了呢。如果讀者有特別希望ＤＸ能收錄某則故事，可以連絡編輯部讓我們當作參考。（限定日本地區）

至於大家最在意的ＤＸ第一集，將以溫泉旅行故事（和葛瑞菲雅混浴）為中心，加上葛莉賽達首次登場的故事等等，也會有新寫的稿。由於本篇即將進入最高潮，故事也將逐漸進入嚴肅模式，各位不妨一起看日常故事和戀愛喜劇成分較多的ＤＸ來平衡一下。

那麼就是這樣，《惡魔高校Ｄ×Ｄ》的本篇及ＤＸ，都有待各位多加支持了。

※免費小說網站「Fantasia Beyond」上，正在連載設定、世界觀以及角色都和《惡魔高校Ｄ×Ｄ》有所連結的同一世界觀（shared world）的作品《墮天狗神SLASHDOG》。有興趣的讀者不妨上網看看。

・Fantasia Beyond「墮天狗神SLASHDOG」

URL：http://www.fujimishobo.co.jp/beyond/lineup/slash.php

為美好的世界獻上祝福！
曉なつめ
illustration 三嶋くろね
絶贊熱銷中!!
「你要不要去異世界？可以帶一樣喜歡的東西過去喔。」
「那……就妳吧。」
（廢柴）家裡蹲就此跟（沒用）女神轉生異世界去了……!?
即使組成一群問題勇者，還是要拯救這個美好世界！
廢柴系ww
最搞笑的異世界喜劇!!

為美好的世界獻上祝福！外傳
暁なつめ
為美好的世界獻上爆焰！
illustration 三嶋くろね
好評大熱賣!!
《為美好的世界獻上祝福！》惠惠視角的衍生外傳登場！
「——請妳教我剛才的魔法。」
在此即將揭開紅魔族首屈一指的天才魔法師惠惠
一日一爆裂的真相……！
小説家になろう
出自「成為小說家吧」網站
©2013、2014 Natsume Akatsuki, Kurone Mishima

國家圖書館出版品預行編目資料

惡魔高校DxD. 19, 總選舉的杜蘭朵 / 石踏一榮
作 ; kazano譯. -- 初版. -- 臺北市 : 臺灣角川,
2015.10
面 ;　公分. -- (Kadokawa fantastic novels)
譯自 : ハイスクールD×D. 19, 総選挙のデュラ
ンダル
ISBN 978-986-366-751-3(平裝)

861.57　　104017243

Kadokawa
Fantastic
Novels

惡魔高校D×D 19
總選舉的杜蘭朵

（原著名：ハイスクールD×D19 総選挙のデュランダル）

2015年10月28日　初版第1刷發行

作　者：石踏一榮
插　畫：みやま零
譯　者：kazano
發行人：加藤寬之
總編輯：蔡佩芬
主　編：吳欣怡
文字編輯：江宇婷
資深設計指導：黃珮君
美術設計：黃永漢
印　務：李明修（主任）、張加恩、黎宇凡
發行所：台灣角川股份有限公司
地　址：105台北市光復北路11巷44號5樓
電　話：（02）2747-2433
傳　真：（02）2747-2558
網　址：http://www.kadokawa.com.tw
劃撥帳戶：台灣角川股份有限公司
劃撥帳號：19487412
法律顧問：寰瀛法律事務所
製　版：尚騰印刷事業有限公司
ISBN：978-986-366-751-3
香港代理：香港角川有限公司
地　址：香港新界葵涌興芳路223號
新都會廣場第2座17樓 1701-02A室
電　話：（852）3653-2888